「きて。リアムレアム
リディア・ミリオレイン・シロガネ
透&アッシマーが取引をしている美貌の冒険者。
しかし言動は意外とぼんやりしている。
リアムレアム
リディアの召喚モンスター。
種族はダイアウルフ・エンプレス。

高木亜沙美
たかぎ・あさみ
陽キャグループ所属のギャル系美少女。
性格は気が強いものの友達思いで
さっぱりしている。
足柄山沁子
あしがらやま・しみこ
クラスから【地味子】とあだ名される陰キャ女子。
異世界で行き倒れ寸前だったが透に助けられる。
透からは【アッシマー】と呼ばれている。

コボたろう
透が初めて手に入れた
召喚モンスターのコボルト。
主である透に対して
忠誠心が高く、賢い。
鈴原香菜《すずはら・かな》
陽キャグループ所属の癒し系美少女。
年齢よりやや大人っぽい雰囲気の持ち主。

藤間 透
ふじま・とおる
自他ともに認める陰キャな男子高校生。
異世界で召喚士として活動する中、
少しずつ他者との交流が増え始める。
「灯里は俺のだ。
お前らにゃ死んでも渡さねえ」
「わ、私っ……！
藤間くんと一緒にいたいっ……！」
灯里伶奈
あかり・れな
陽キャグループ所属の清楚系美少女。
大人しい性格だが芯はしっかりしている。
かつて自分を助けてくれた透に好意を寄せている。

召喚士が陰キャで何が悪い
2

かみや

HJ文庫
1016

口絵・本文イラスト　comeo

02

Shoukan-shi ga Inkya de Naniga Warui

CONTENTS

三章EX　星降る夜――Prologue――決意の朝に

――捨てないで。

――どうか、棄《す》てないで。

三章　そのひとことが言えなくて何が悪い

1　あの日の勇気と、宙ぶらりんな告白

諸兄《しょけい》はベストな睡眠《すいみん》時間というのをご存じだろうか。俺《おれ》は知ってる。七時間だ。ググった。

なんでも短すぎても長すぎてもダメなようで、高血圧やがん、うつ病になるリスクが一番少ない時間が七時間だそうだ。この七時間というのは心地《ここち》よい寝起《ねお》きにも効果があるという。だから俺は実践《じっせん》している。

だというのに。

「……んあー……」

毎朝寝起きが悪いのは、なんとかならないものだろうか。

しょぼしょぼした目をこすりながらスティックパン（小倉あん）をはむはむし、制服に

着替《きが》え、ぱっさぱさになった砂漠《さばく》のような口内をゆすぎ、歯ブラシを突《つ》っこむ。

「……んあー……」

これスティックパン（小倉あん）だった。


「お、おはよっ」

「……おはようさん」

たぶん偶然《ぐうぜん》、一週間以上続いてるけどきっと偶然、通学路で灯里伶奈《あかりれな》と出くわした。

朝の挨拶《あいさつ》を返すと、灯里はぱあっと破顔して俺の隣《となり》に並んでくる。なにこいつ、子犬かよ。

「その、悪かったな、いろいろと」

「ううん、私こそごめんね。今度こそ藤間《ふじま》くんの力になりたかったんだけど……結局また助けてもらっちゃって……」

俺の『悪かったな』は灯里の親切やらを信じられなかった最低な俺のことを指して言ったつもりだったんだが、どうやら灯里は昨日の砂浜《すなはま》のことだと捉《とら》えたらしい。

「べつに助けてねえよ。避《さ》けようとしたら矢が刺《さ》さっちまっただけだ。それに、そもそも俺が逃《に》げてなきゃお前らもあんな目に遭《あ》わなかったろ」

俺が逃げていなければ。俺が強ければ。俺が死ぬことも、灯里が危ない目にあうことも、こいつがいまこうして、しゅんと頭を下げることもなかったのだ。

「……」

「……」

しかし、なんだ。俺が最低ってことは、灯里は最低じゃなかったってことで。

ならばあの日、夕暮れの教室。灯里の告白を、俺はどう受け止めたらいいのか。

罰《ばつ》ゲームじゃないとすれば、なんなんだ。あれはまさか本気だったのか……？

嘘《うそ》だろ？

だってぶっちゃけ灯里って可愛《かわい》いほうの女子だよな？　つーかモロ可愛いよな？

こんな女子が俺みたいな目つきの悪い陰《いん》キャに告白……？

ないない。

中学を卒業し、高校入学に先立って県外からこっちにひとりで越《こ》してきた。

入学式を一週間後に控《ひか》えたあの夜――

◆　◆　◆

通学のために関東でひとり暮らしをはじめて間もない俺は、生活用品を買い足すために昼から行動していた。

駅近くのショッピングセンターで買い物を終えた帰り道。辺りはとっくに暗かった。

あと一週間で高校生なんだと、慣れない日々が俺に訴《うった》えてくる。灰色の高校生活だろうと諦観《ていかん》しつつも、自宅で待つゲームたちのことを想像し、灰色を無色へと退廃的《たいはいてき》に塗《ぬ》り替《か》えてゆく。

そうして繁華街《はんかがい》から喧騒《けんそう》のないビル街へ景色が移ったとき――

「やめてくださいっ、人呼びますよ⁉」

そんな声が闇《やみ》を劈《つんざ》いて、俺の耳に届いた。

やめときゃいいのに俺はスマホの録画機能をオンにして、声のほう――建物と建物のあいだに身体《からだ》を滑《すべ》り込《こ》ませた。

狭《せま》い場所を進むと少し広い中庭のような場所で、怯《おび》えた様子の長い黒髪《くろかみ》の少女と、金髪《きんぱつ》のチャラ男――チンピラふたりが向かい合っていた。

「そっちからぶつかっておいてそりゃないんじゃないのー？」

「そうそう、慰謝料《いしゃりょう》もらわなきゃねー。なんならカラダで払ってもいいけど？」

テンプレ的なチンピラと、テンプレ的な悲劇のヒロイン。俺がテンプレ的な主人公ならば、すぐに飛び出すところだろう。

「私からなんて……そっちからぶつかってきたんじゃないですか！」

しかし諸兄もご存じのように、俺はただの陰キャだ。飛び出して彼女《かのじょ》を助け、その代わりに俺がボコられるなんてアホな真似《まね》はしない。

俺の仕事はチンピラが少女に暴力を振《ふ》るう場面をスマホにおさめ、少女が後々法的な制裁を下す際の助けになる――それくらいだ。

「俺らから？　それ、誰《だれ》か証明できるん？　俺らふたりはそっちからぶつかったって言ってんだけどなー。ふざけたこと言ってっと犯《おか》すぞコラ」

「ひっ……！」

恥《は》ずかしい話、俺はこれまで散々いじめられてきた。言葉でも腕力《わんりょく》でも暴力を受けてきた。だから、痛いのはもういやだ。

「なーマサシ。めんどいしもうヤッちゃおうぜー」

「アホ。最近はＤＮＡとかで証拠《しょうこ》が残るんだよ。こないだヤスがそれでパクられたじゃねーか」

「大丈夫《だいじょうぶ》だって。警察に行けないくらい恥ずかしいことしてやりゃこいつもチクんねーって」

やべぇこいつら、マジもんでやべぇやつじゃねえか。

明らかに少女を無視した、明らかに常軌《じょうき》を逸《いっ》した相談。明らかにヤバい。イジメとかそんなんじゃない。犯罪だ。ヤバいやつだ。

「ひっ……ひいっ……！」

「オレ最近、首絞《し》めながらヤるのハマってんだよねー」

「痕《あと》は残すなよ」

逃げよう。逃げよう逃げよう逃げよう。

そう思っているのに、脚《あし》が動かない。逃げるときの足音で気づかれるのが怖《こわ》い。

でも、逃げなきゃ。……そう、思っていたのに。

俺はスマホをもう一度操作してから、

――パシャシャシャシャシャシャシャシャシャシャ！

三人のほうへ、スマホのカメラを速写しながら飛び出した。

「あー！　同人作家の丸焼きシュークリーム先生ですよね⁉　俺先生のファンなんすよ！　サインください！」

警察に通報しても間に合わない。かといって、俺が止めてこいつらが止まるはずもない。

こいつらのほうが明らかに強いし、こいつらのほうが明らかに怖い。

ならば、こいつらに勝てるとしたら異常さだけだった。

「俺、先生の描《か》くおっぱいが大好きなんです！　あれがあればご飯三杯《ばい》はイケます！　サインください！　ついでにサインの横におっぱいもください！」

「な、なんだこいつ⁉」

想像を超《こ》える異常さは一瞬《いっしゅん》相手を怯《ひる》ませる。その隙《すき》に俺はふたりをぐいぐいと押《お》して、

「ぁ……」

黒髪の少女に「はよ行け」と後ろ手を振った。

「っ……！」

「あ、待てやゴラァ！」

「お前、いったいなんなんだよ気持ち悪《わり》ぃ！　女を追え！」

「待ってくださいよ先生！　俺先生のファンなんですよ！　サインください！　おっぱいとサインください！」

追いかけようとしたチンピラの腕《うで》を掴《つか》んで止める。

「気持ち悪ぃんだよ！」

後頭部に衝撃《しょうげき》。あ、いってぇ。イジメのときに受けた暴力よりよっぽどいてぇ。

少女を追いかけることを諦《あきら》めたのか、ふたりで殴《なぐ》る蹴《け》るのリンチ。殴られた。蹴られた。

顔を踏《ふ》まれた。速写したスマホを壊《こわ》された。

「俺、先生の、ファン……」

「まだ言ってんのかよ！　死ね！」

なおもふたりは苛立《いらだ》ちを俺にぶつけてくる。

「うへへへへ、サイン……」

「こいつやべぇって、絶対頭イッてるって……！」

うわぁ……こいつら引いてる。引くくらい気持ち悪い俺。だいたい誰だよ丸焼きシュークリーム先生って。自分の語彙《ごい》力が怖いわ。

どれくらい殴られただろうか。遠くから、少女の叫《さけ》び声《ごえ》が聞こえた。

「こっちです！　お願いします！」

「や、やべ、サツじゃね？　マサシ……」

「やべ……。あ、こいつどうせ頭イッてるんだし……」

途端《とたん》に俺への暴力は止まり、こいつらにボコボコにされた俺はなぜかこいつらに抱《だ》きかかえられる。

「おいっ！　大丈夫か！　しっかりしろ！」

「くそっ……！　いったい誰がこんな目に……！」

……信じられるか？　このセリフ、俺をボコボコにしたこいつらが言ってるんだぜ？

やってきた五人の警官にいけしゃあしゃあと、

「こっちです！　彼《かれ》が倒《たお》れてて……」

「いま俺たち、そこの女の子に警察を呼んでもらったんですけど……！」

助ける側を演じてみせた。

「ち、違《ちが》います！　私このふたりに襲《おそ》われて、この人が助けてくれて……」

「お、おいおい、怖い冗談《じょうだん》言うなよ」

「そうそう、俺ら今日ナンパで知り合ったばっかりだけど、そんなのってないだろ？　俺ら三人でこの人が倒れてるのを見つけたんじゃないか」

俺のスマホをぶっ壊して物的証拠がないのをいいことに、水掛《みずか》け論《ろん》に持ちこむつもりだ。

さすがに押しきれるわけがない。取り調べになればきっと、俺についた殴り傷や、顔についた靴《くつ》の跡《あと》で、こいつらを傷害罪に問うことはできるだろう。

――でも、足りねえ。

彼女を暴行しようとしておいて、俺にこれだけの暴力を振るっておいて、自分は悪くないと醜《みにく》く抗《あらが》っている姿が許せなかった。

「ともかく署で事情を――」

「……待ってください」

醜いふたりの腕から起き上がる。

――思い返す、過去。

『べつに俺悪くねーし！　藤間が悪いだろ？　なあみんなそう思うだろ⁉』

――この世は、クズばっかりだ。

「……彼らふたりに、ボコボコにされました。証拠もあります」

口を開くたび、顔が痛い。しかし俺は喋《しゃべ》ることをやめない。

「てめぇ、普通《ふつう》に喋れるじゃねぇか！」

喋れるよ？　だってさっきのは演技だもん。

「あれで動画を録《と》りました。彼女が襲われる直前の動画、そして俺の殴られる前の顔。調べればわかりますが、すべて五分くらい前のものです」

俺の指差す『あれ』とは、ご丁寧《ていねい》にもＳＤカードまでぶっ壊された俺のスマホだ。

「でもあんな状態じゃ……」

警察の声に、にやつくふたつの顔が見えた。

ゴミクズが。

――凍《こお》りつかせてやるよ。

「俺は飛び出す前、動画をクラウドに保存しました。パスワードさえあれば、どの端末《たんまつ》からでも見られます」

「テメェ！」

「ふっざけんな！」

「馬鹿じゃねーの。スマホ代も服代も治療費も慰謝料もきっちり請求《せいきゅう》してやるからなボケ。クサい飯でも食ってろゴミクズ」

◆　◆　◆

——とまあ、こんなことがあったわけだ。

どうだろうか。見方によっちゃ俺が身を挺《てい》して灯里伶奈を救ったと言えなくもない。

俺が格好良くチンピラふたりをやっつけて「もう大丈夫だ」なんて言ったのなら、灯里が俺にトゥンクしたとしてもまぁ一厘《りん》くらい頷《うなず》ける。一割どころか一分もないのかよ。

……しかし、あの助けかた。俺氏フルボッコだったし同人作家の丸焼きシュークリーム先生はないよなぁ……。うん、チンピラが引くくらい俺気持ち悪い。

だからあの告白が本物だと思えないんだよなぁ……。ぶっちゃけ俺が女だったら、間違《まちが》いなく引いてるもんね。

「ぁ……また歩道側譲《ゆず》ってくれた……ぁぅ……優《やさ》しい……」

でもこんなつまらないことで頬《ほお》を真っ赤にする灯里は、これがマンガとかアニメとかラノベだったら、絶対トゥンクしてるよなぁって反応なんだよ。

万が一億が一、吊《つ》り橋《ばし》効果っていうのか？　そういうので灯里が俺に好意を抱いたとしても、それで俺に告白したのだとしても、まぁもうあれだよな。ないよな。

だって、あれが本当に告白だったのだとしても、

『罰ゲームなら他所《よそ》でやれ』

『二度と話しかけんな』

あんなことを言った俺を、灯里がいまだに好きでいられるわけがないしな。

――それでも、俺は謝《あやま》るべきなのか。あの日の告白を蒸《む》し返して、じゃああれはなんだったんだよと問えばいいのか。

わからない。

ああ、人間関係って面倒《めんどう》くさい。

……あ、そういや今日はモン〇ン新作の発売日だ。学校が終わったら買って帰らないとな。

俺はやはりこんなことを考えているのがお似合いだ、と言い聞かせながらふたりで歩く、学校への上り坂。

高木《たかぎ》亜沙美《あさみ》は、今朝も声をかけてはこなかった。

パリピというのは、ものすごい回復力を持っている。何回殴られてもすぐ回復するクラゲ型スラ〇ムのようなもので、祁答院《けどういん》はすでにイケメンB、Cとの仲を修復していた。

「悠真《ゆうま》テストどうだったー？　俺ボロボロ」

「わりと良かったよ。すこし課題が残る結果だったけどね」

「わりと良かったってどうなんだよー。……うっおクラス二位。悠真って頭もいいのかよ」

つーかクラス二位ってマジかよ。あいつ俺より顔も性格も運動神経もいいのに、頭まで俺よりいいのかよ。

俺が高飛車なお嬢様《じょうさま》ならばハンカチを噛《か》んで「いーっ！」としていたかもしれない。

しかし俺はただの陰キャ。そんな真似をするはずもなく、休み時間をいつものように机に伏《ふ》して過ごす。やだ俺超《おれちょう》クール。

「藤間藤間」

「……んあ？」

弾《はず》んだような声に顔を上げると、声の主は校則息してる？　と疑われるような長い金髪を持つ高木亜沙美だった。

「んだよ今日は名前間違えないのかよ」

「まーあたし天才だしね。んで藤間、テストどーだったん？」

自慢《じまん》じゃないが、俺は結構頭がいいほうだ（自慢）。中学だってクラスのトップだったし、進学校であるここのテストも無難に解けた。

──高木の目が言っている。「あんた昨日、あたしより頭いいって言ったよね」と。

「勝負」

言いながら自分の成績表をぴらぴらとアピールしてくる。

「望むところだ」

俺は高木と成績表を交換《こうかん》した。どちらが早いか、貪《むさぼ》るようにクラス順位を確認《かくにん》する俺たち。

「ん？」

「あれ？」

高木亜沙美
七七一／九〇〇点　（順位）　五／三二

「あれ？」

「なんだこれ」

藤間透《とおる》
七七一／九〇〇点　（順位）　五／三二

ふたりとも五位……？

「はぁぁぁぁぁぁ!?　あんたこんなに頭よかったわけ!?　藤木《ふじき》のくせに！　ざけんな！」

「お前その見た目で頭いいとか、どう考えてもおかしいだろ。つーか声でけえよみんなこっち向くだろ。あとついでにもう名前間違えてるんだけど」

表
高等学校

マジかよ……。友達《ともだち》いなくてやることないから勉強だけは得意だったのに……。どうみても外見ビッチと同じ点数……。

「藤木と同じ点数……」

「高木と同じ点数……」

なんだよこれヘコむわ。そうとう失礼な落ち込みかたをしているが、どうやら高木も同じヘコみかたをしているようだった。

「あははー。二人とも仲いいねー」

「よくねーわ」

「よくねーし」

「あはは、ホント仲よし」

やってきたのは鈴原香菜《すずはらかな》。高木や祁答院と同じトップカーストだ。

「香菜はどーだったん？」

「一六位。平均点はあったからよかったよー」

「なんつーか、あんたらしいね……」

俺には鈴原らしいという意味がさっぱりだが、俺が言いたいことはひとつ。

「お前ら、他所《よそ》でやれよ」

ねえお前ら知ってる？　この席、いま超注目《ちょうちゅうもく》浴びてんの。「なんで高木と鈴原が藤間と喋ってんの？」みたいな声まで聞こえるんだけど。

「まーまー。伶奈ー、アッシマー、あんたらもおいでー！」

「おい、ちょ」

灯里が嬉《うれ》しそうに立ち上がり、自分に声をかけられたことが信じられない様子でぴくりと肩《かた》を震《ふる》わせるアッシマーの手を取ってこちらへやってきた。

「どうしたの？」

「はわわ……な、なんでしょうかっ……」

灯里の登場で、より一層クラスの耳目《じもく》が集まる。高木なにやってんのマジで。俺なんかよりよっぽど召喚士《しょうかんし》やってんじゃねえかこいつ。ちなみにアッシマーは灯里に繋《つな》がれた手に目をやって、はわはわ言っている。

「テストどーだった？　あたしと藤間五位」

「あはは、あたし一六位ー」

「おうコラ待てやなんで人の順位勝手に公表してんだよ」

とんでもない女だなおい。自分のならともかく俺の順位まで公表する必要ある？　しかもこんなときに限って名前は合ってるのかよ。

「亜沙美ちゃん、そ、そういうのあんまりよくないと思うな……」

灯里にはさすがに常識があるようだ。この調子で高木に常識を教えてほしいものだが、パッと見パワーバランスは高木のほうが遥《はる》か上。灯里が染められる側で、一年後にはギャル化しているかもしれん。

「え、なに？　伶奈あんた結果悪かったん？　見せてみー？」

「あっ……」

机に置いておくのも危ないと思ったのか、成績表を持っていた灯里の手から高木はひょいとテスト結果を摘《つま》むと、

「は、はぁぁぁぁぁ!?　伶奈あんた一位ってマジ!?」

「こ、声っ……！　声大きいから……！」

教室がざわめく。

「うお、一位灯里さんか……」

「頭良さそうだもんねー」

そんな声が聞こえてくる。すげぇ、ひそひそ話のトーンが俺の悪口とは全然違う。悪意も妬《ねた》みもなく、単純に羨望《せんぼう》の声だ。

「アッシマーはどーだったん？」

「わたしは一九位ですぅ……」

一九位。

アッシマーは三二人中、一九位。

「あの藤間くん……その、お前らしいなぁ……っていう顔、やめてもらえると……」

「そんなん思ってねえし。中の下ってアッシマーらしいなぁとかべつに思ってねえし」

「まさかの追い討《う》ち！」

いやいや本当に思ってないから。ただまあ、俺よりアッシマーのほうが成績良かったら立ち直れなかったかもしれんとは思ったけど。……じゅうぶん失礼だな俺。

「ねー、悠真はどうだったん？」

ざけんなマジでこいつ、何体同時に召喚するつもりなんだよ。祁答院はさっき二位って言ってただろ？　聞いてなかったの？

祁答院が嬉しそうにこちらへ向かってくる。

自分たちのもとから祁答院が離《はな》れると、イケメンBとCはつまらなそうにギアを弄《いじ》りはじめた。

◆　◆　◆

近年、高校生の部活動が昔ほど活発ではなくなった。

というのも、高校生からアルカディアに参加可能になるということで、学業、部活動、そしてアルカディアとなると、生徒の精神が休まらないことが理由らしい。

現在、全国にいる高校生のアルカディア・システムへの参加率は10％程度らしい。

しかしここ、鳳《おおとり》学園高校はアルカディアと現実をリンクさせた祖ともいわれていて、アルカディアへの参加率は50％を超える。

とくに俺が在籍《ざいせき》する1－Aを含《ふく》むAクラスはアルカディア特進クラスなんて呼ばれていて、参加率は驚異《きょうい》の１００％である。ＬＨＲ《ロングホームルーム》でもよくアルカディアについて言及《げんきゅう》するし、生徒たちもよくアルカディアを話題にしている。

まあそんなこんなで、当然ながら俺も部活なんぞ面倒なものに入る気はさらさらない。面倒って言ってる時点でアルカディアとか関係ないなこれ。

しかし意識高い系（笑）とか、一度しかない高校生活、青春満喫《アオハルまんきつ》するしかないっしょ！（笑）なやつらは、アルカディアに行きながら部活に入ることもある。

よくやるもんだよと若干《じゃっかん》尊敬しつつ、放課後の校門をひとり抜《ぬ》ける。

学校があって、部活で汗《あせ》かいて、へとへとになって風呂《ふろ》に入って飯食って、泥《どろ》のように眠《ねむ》る。しかも部活なんて土日もあるんだぜ？

もちろんそれを楽しいとか充実《じゅうじつ》してる！　とか思える人間もいるだろう。素直《すなお》にすげえと思う。でも俺は無理。

だって、自分の時間って、要《い》るだろ？

午後五時までに……遅《おそ》くとも六時までに帰ってゲームをしたり、かっちょええメタルを聴《き》きながら小説サイトを巡回《じゅんかい》する。それが俺のジャスティス。

しかも今日はモン〇ンの新作、ＸＸＸ《トリプルクロス》の発売日だ。予約した駅前のショップに向かう足は軽かった。

「ありゃとあっしたぁー」

チャラい接客に辟易《へきえき》しながらゲームの入った袋《ふくろ》を受け取った。ちゃんと喋れよ語尾《ごび》上げんなよ。疑問形かと思っちゃうだろ。ちゃんと礼をしているのかわかんないだろ？

やはり人との関わりはいやになる。ゲームだって普段《ふだん》はダウンロード購入《こうにゅう》で、こんなショップで買うことなんてない。ただソフトのデータ容量があまりにも大きくてＳＤカードの容量を超過《ちょうか》してしまうため、やむなくこうして買いに来たわけだ。

通販《つうはん》？　……したことのある諸兄ならご存じであろう。あれは発売日に届かない。

ともあれ用事は済んだ。あとは帰って……どうすっかな。速攻《そっこう》飯食って風呂に入っちまって、もう寝巻《ねま》きに着替えちまおうか。それともなによりも早くゲームをプレイしようか。珍《めずら》しく鼻歌を歌ってスキップでもしたい気分だ。

「藤間ぁーー！」

そんな俺のルンルン気分（古）を、最近よく聞く声が横切った。

あー俺の馬鹿。無視すりゃいいのに、声に反応して顔を向けちまった。

そこはスタバ。スタバのテラスから金髪ギャル——高木亜沙美がこちらに手を振っている。

席には大きな飲み物のカップをテーブルに載《の》せた祁答院、灯里、鈴原の姿もあった。

なんだあれ、高一でスタバかよ。トップカーストってスタバでお茶すんの？　放課後ティータイムかよ。そんなことせずに軽音楽の練習でもしてろよ。

俺は一度そちらに会釈《えしやく》し、家のほうへと足を向け——

「あっ！　ちょっと無視すんなってー！　こっちこっちー！　藤間ぁ！　あれ？　藤間であってたっけ？　悠真、あいつのフルネーム！　……藤間透ぅ！　ってちょっと、藤間で合ってんじゃん！」

まさかの本名プレイに頭を抱《かか》え、身《み》の丈《たけ》に合わぬ小洒落《こじやれ》たテラスへと進路を変えた。

「お前往来で本名叫ぶとかどうなってんだよ。だいたい無視してねえだろ？　俺ちゃんと頭下げたよね？　こう、ぺこっと」

「いやいや普通来るでしょこっち」

行かねえよ。なんだよ普通って……。ほかの三人も苦笑《くしょう》してるじゃねえか。

「あんたもなんか頼《たの》んだら？」

「ええ……入ったことないけどスタバって高いんだろ？　呪文《じゅもん》唱えないといけないんだろ？」

「呪文？　なにそれ」

高木の質問。しかし祁答院、灯里、鈴原も興味深げに俺の顔を見つめている。

「あ、いやその、あれだろ？　ヘーゼルナッツチョコシロップなんたらかんたらうんたらふんだらフラペツィーノッ！　ババーン！　って言わないと駄目《だめ》なんだろ？」

「ぷっ……！　あはははは！　そんなわけないじゃん！　あはははは！」

高木と鈴原に爆笑《ばくしょう》された。灯里は両手で顔を押さえて震えている。祁答院は口にした飲み物を盛大《せいだい》に噴《ふ》き出した。

「くっそ……そんなに笑わないでもいいだろ。……帰る」

「あはははは！　待って待って、藤間ごめんってー！　ぶわはははは！」

「謝るならその笑いを止めてからにしてくれよ……」

仮にも女子がそんな笑いかたをするなよ、と悪態で返したくなるような爆笑。

「で、なに？」

まだツボに入っている高木、飲み物を噴き出した後処理に追われる祁答院、そのフォローに入る灯里。唯一《ゆいいつ》正常に戻《もど》った鈴原が代表で口を開いた。

「あははー、ごめんね？　藤間くんも一緒《いっしょ》にお茶どうかなって思ってー。呪文とかいらないよー？　メニューを指さして『これください』って言えばちゃんと出てくるからー」

「そうなのか……でも高いんだろ？」

「安くはないけど、その価値はあるくらいおいしいよー？」

俺とこいつらの違いは、こんなところにも表れている。コーヒーとか缶《かん》でじゅうぶんだし、そもそも砂糖もミルクも入れる俺が高いコーヒーを飲むとか……コーヒー好きの諸兄に怒《おこ》られちゃいそうだろ？

「藤間くん、甘《あま》いもの好き……？」

祁答院のフォローを終えた灯里が上目に問うてくる。

「まあ人並みには。たまにコンビニでシュークリームを買うくらいだけど」

「あっさりめ？　濃厚《のうこう》？」

「どうせ甘いもん食うんなら、そりゃ濃厚なほうがいいよな」

俺がそう言うと四人はひそひそと相談をし始めた。なに、なんなの？

「藤間くん、抹茶《まっちゃ》は好き？」

「苦いのは駄目だけどアイスみたいに甘くなってるのは食える」

「うし決定。はい藤間こっちー」

高木に背中を押され、あわあわしながらテラスからスタバ店内へ。えらく愛想《あいそ》の良い女性店員に、高木が当然のように俺のぶんを注文する。

「抹茶クリームフラペチーノのトール。ブレベミルクに変更《へんこう》で抹茶パウダー増量」

「はい、かしこまりましたー♪」

え、なにこれ、どういうこと？

なんかレジには飲み物ごときで六〇〇円近い金額が表示されてるんだけど。つーかやっぱり呪文唱えてんじゃねえか。

「藤間、勝負。この値段の価値があるかどうか飲んで確かめて。あんたがないと判断したらこれ、あたしが奢ったげる」

そう言って口角を上げる高木。どんだけ勝負好きなんだよ。

高木は意外にも使《つか》い込んでいそうな財布《さいふ》から千円札を取り出すと、それを人差し指と中指に挟《はさ》んで、惜《お》しげもなく店員に差し出した。

テラスに戻ると祁答院と灯里のあいだに椅子《いす》が増えていて、祁答院は「こっちだよ藤間くん」とその席に俺《おれ》を促《うなが》した。

「藤間くん、写真いいかなー？」

「あたしも」

「わ、私も……！」

緑と白の混ざった、固形と液体の中間のようなフローズンドリンク。その上に巻きグソのように猛々《たけだけ》しく載せられた生クリーム。なんでこんなものを撮りたいのかわからない。やだ俺食レポの才能なさすぎ。

遠慮《えんりよ》なく撮影《さつえい》する三人。つーか灯里、角度おかしくね？　まさか抹茶ドリンクとその奥《おく》にいる俺を同時に撮影しているんじゃないよね？

自意識過剰《かじよう》気味にそう思い顔を逸《そ》らすが、視線を戻したとき、灯里はすでに満足げににかんでいた。

撮影が終わり、ようやくストローに口をつける。

悪いな高木。どれだけ美味《うま》くても、質より量を優先する俺が、飲み物ごときに六〇〇円の価値を見出《みいだ》せるわけがない。

ゴチになります。…………。

…………‼︎?

「くそっ……くそっ……！　俺に贅沢《ぜいたく》を教えやがって……！」

「はい六〇〇円毎度ありー♪」

信じられないくらい美味《うま》かった。

飲んだことのない凝縮《ぎょうしゅく》された甘さと濃厚なミルク。抹茶は苦味なく上質な風味となって、この甘ったるそうな飲み物を甘いだけで終わらせない。

しかしこれだけならば、俺は負けを認めない。

この飲み物、腹が膨《ふく》れる……だと？

食が太くない俺は半分も飲まないところで「あーこれ夕飯要らねえわ」と腹を押さえた。それはつまりこの六〇〇円には夕飯代が含まれるということだった。

「うめえな、これ……」

ストローが豊潤《ほうじゅん》な旨味《うまみ》を口内に運んでくる。高木が嬉しそうに勝ち誇《ほこ》るのは癪《しゃく》だが、俺は負けを認めざるを得なかった。

「お前らいつもこんな贅沢してんの？」

「そんなわけないじゃん。お金足んないって。ぶっちゃけ向こうの収入なんて、ないようなもんだしね」

「早く向こうで稼《かせ》げるようになりたいよねー」

高木と鈴原の言う向こうとは、もちろんアルカディアのことである。以前も言ったが、アルカディアの金は現実での金に替えることができる。金の出元は国家。……まあなんでそんなことになってんだよって細かいことは置いといて。

相場はだいたい1カッパー＝十円、1シルバー＝千円。ギアにはアルカディアでのステータスや持ち金が表示されていて、そこから両替《りょうがえ》の項目《こうもく》を選択《せんたく》すれば、即時《そくじ》口座へと振り込まれる。

「あたし1シルバーだけ両替したんだけどさー、いまめっちゃ後悔《こうかい》してるんだよねー。あの1シルバーでスキル買っときゃよかったって」

「もう亜沙美ちゃん、だから言ったのに……」

「だってさー。最初は向こうで金使うのってほら、ゲームの課金みたいだって思っちゃったんだって」

「あはは一、亜沙美、絶対課金しないもんねー」

「一回したら止まんなくなりそうだし。でもさ、向こうで使うのって、考えかた変えたら稼ぐための先行投資じゃん？　って気づいて、はじめて後悔した」

話を聞く感じだと、少なくとも高木と鈴原は、俺やアッシマーのようにアルカディアに憧《あこが》れていたわけじゃないらしい。

金を稼ぐ手段、つまりアルバイトとして参加しているに過ぎない。

価値観なんて人それぞれだし、大半の人間がそうだろう。俺はそれについて、べつにどうこう思うことはないけどな。

「んでさー。あいつらマジイラつくんだって。ずっと伶奈に頼《たよ》ってないで、防具とかスキルとか買えばいいのにさー……」

なんか、すげえな。パリピって……というか高木、ずっと喋ってんのな。疲《つか》れねーのかな。……って思っていたらちょうど会話が途《と》切《ぎ》れた。べつに話を繋ごうとか、俺にとってそんな高等テクを披露《ひろう》しようと思ったわけじゃない。

高木が飲み物に手を伸《の》ばしたタイミングで「ちょっといいか」と前置いて、

「アルカディアの話なんだけど……昨日は迷惑《めいわく》かけて、マジですまんかった。その……おかげで……っつーか、一応、召喚モンスターを手に入れたから、報告しとく」

リディアに売却《ばいきゃく》した薬湯。ビンの材料である砂は、こいつらが集めてくれたぶんが含まれているのだ。

「そうなのか？　やったじゃないか藤間くん！」

……また。

また祁答院が自分の事のように喜ぶ。

信じて……いい、ん、だよ、な？

「その……なんだ。えー……その、だな……」

言わなきゃいけない言葉。それは謝罪ではなく、いつもの毒なんかでもなく。

「藤間くん、頑張《がんば》って」

穏《おだ》やかに笑《え》む灯里が、言葉で俺の背を押した。

「その、あ、ありがとな。マジで助かった」

本当に捻《ひね》くれていて、本当に可愛《かわい》くない俺は、絞《しぼ》り出すように、捻り出すように、どうにかこうにか、やっとの思いでこいつらに礼を言うことができたのだった。

2　血風、エシュメルデ平原

　アルカディアの朝。

「ふんふんふーん♪」

「んあー……」

「ふんふんふーん♪　寝顔《ねがお》はこんなにかわいいのに、起きたらどうしてあんなに小憎《こにく》らしいんですかねー♪　ふんふんふーん♪」

　ご機嫌《きげん》な鼻歌が近づいて遠のいてゆく。目を開けたとき、アッシマーはやはりステータスモノリスの前でふんふんやっていた。

「んあー……」

「藤間くん、おはようございますっ」

　寝《ね》ぼけ眼《まなこ》で半身を起こすと、アッシマーは俺とは対象的な、大きくくりっとした目をこちらに向けた。

「おはよーさん……」

「相変わらず朝はねぼすけさんですねぇ」

「んあー……しょうが……ねえだろ……」

寝るまでずっとやってたモン〇ンのことしか思い出せない。あー……新しい敵が出るたび、挙動がキツくなってくのなんとかなんねーかな。

「黒パンとお水、もう買ってきましたからねっ」

「んあー……いつも悪いな……」

「いえいえっ。準備ができたら採取に行きましょう！」

……なんかやたらテンション高いな。いつもアッシマーは高いんだけど、なんつーか。

「いつにも増してやる気満々だな」

「えっ……そ、そうですかぁ？　そんなことないですよぅ！」

明らかにおかしいだろ。いつも悪いなとは言ったけど、俺が起きる前に食料を買ってきてくれたことなんていままでなかった。まあそれは俺が金を管理していたからだったんだけど。

そういえば昨日、

『生活費の2シルバーはわたしに管理させてくださいっ。そのほうが藤間くんもスキルブック代とか管理しやすいと思うので！』

そう言ってきたので、任せたんだった。

「なあ、生活費っつーか、儲《もう》けも折半したほうがいいんじゃねえの？　そのほうがアッシマーも好きなもの買えるだろ」

「だ、だめですよぅ……わたしは藤間くんに雇《やと》われている身ですし、いままで通りでいいですっ。むしろいままでがもらいすぎですので、思い出したころに、気まぐれで施《ほどこ》しをいただけるくらいでいいのですっ」

アッシマーはそう言って、ふんすと胸を張る。

なんというか、こいつ、ほんと奴隷《どれい》気質というか。

「つっても、お前と共同生活をすんの今日が五日目だろ？　一週間の雇用《こよう》期間、もうすぐ終わっちまうぞ」

「うっ」

「いま女子が出しちゃ駄目な声が聞こえたんだが……まあアッシマーだしいいか……」

「ちょっとそれどういう意味ですか⁉　わたしなんかでもいちおう生物学上ではメスですからね⁉」

「なんて悲しい自己弁護……。アッシマー、俺が悪かった……」

「藤間くんは落ちこむところにも悪意がありますね⁉」

ぎゃあぎゃあと騒《さわ》がしく、話がうやむやになってゆく。

雇用期間を過ぎたとき、俺はどうするつもりなのか。

アッシマーはどうするつもりなのか。

わからない。でも、うやむやになった話題を蒸し返さない程度には、その答えを聞くのが怖《こわ》かった。


コボたろうを宿で召喚して休憩《きゅうけい》後、ココナの店でスキルを購入した。

俺は【ＳＰＬＶ１】【器用ＬＶ２】【技力ＬＶ１】【召喚ＬＶ１】【歩行ＬＶ１】【運搬《うんぱん》ＬＶ１】の６スキルで２シルバー50カッパー。

アッシマーは【ＳＰＬＶ１】【器用ＬＶ１】【採取ＬＶ２】【錬金《れんきん》ＬＶ３】【加工ＬＶ３】【歩行ＬＶ１】【○幸運ＬＶ１】の７スキルで４シルバー30カッパー。

そしてコボたろうには【器用ＬＶ１】【槍《やり》ＬＶ１】【防御《ぼうぎょ》ＬＶ１】【歩行ＬＶ１】の４スキルで１シルバー20カッパー。

ココナから聞いた新規スキルの説明をしておくと、

【ＳＰ】はその名の通りＳＰを上昇《じょうしょう》させる。【技力】は【ＳＰ】と【器用】の複合スキルで、そのどちらの能力も補正する。【召喚】はあらゆる召喚魔法《しょうかんまほう》を有利にする。

【歩行】は歩行速度を上昇させ、歩行中に減少するSPを緩和《かんわ》させる。有り体《てい》にいえば歩くのが速くなって疲れにくくなる。【運搬】は荷物を持ちながらの移動が楽になる。【槍】は槍の扱《あつか》いが上手になり、【防御】はそのまんま防御力《ぼうぎょりょく》が上昇する。

【○幸運】だが、この『○』っていうのは、アンコモンスキルのことらしい。

ならアンコモンスキルってなんだよ、って話になるんだが、この世界のスキルはどうやら、〝コモン→○アンコモン→☆レア→★エピック〟の順で強くなるらしい。だから【○幸運】ってのは、レアまではいかないまでも、無印のコモンスキルよりも貴重か強力なスキルってことだ。

【○幸運】の効果は、確率が絡《から》んだ場合、上方に補正がかかるというものだった。

アッシマーの場合、めちゃくちゃ有利になる。なぜなら調合、錬金、加工に確率が絡むため、そのすべてが上方修正されるのだ。もっと早く買っときゃよかった。

それだけでなく、たとえばこの先、モンスターを討伐《とうばつ》した際の木箱の開錠《かいじょう》率、アイテムドロップ率、レアアイテムドロップ率も上昇するらしい。すげえなアンコモンスキル。

「にゃふふーん。ありがとうだにゃー♪　おにーちゃん太っ腹だにゃ♪」

合計8シルバーの買い物をした俺たちに、ココナは幸せそうな顔を向ける。

「むしろ、いままで欲《ほ》しかったもんを我慢《がまん》してたのが爆発《ばくはつ》した感じだな。また来るわ」

「オルフェの白い砂もお待ちしてますにゃーん♪」

　店を出ると、アッシマーがはわはわしたまま声をかけてきた。

「は、はわわ……ふ、藤間くん、だめですよぅ……わたしまた、こんなに買ってもらってしまっては……」

「なに言ってんだ。俺は昨日、リディアから5シルバーの買いもんをしてるんだぞ。まだ全然足りないくらいだっつの」

「ふ……ふぇぇ……でもいいんですかぁ？　わたしが管理してた生活費まで使ってしまいましたよ？　素材もホモモ草しかないですし、わたしたちの全財産、たったの4カッパーなんですけど……」

　そう。俺たちは共同生活を開始してからはじめて、担保なしの生活費に手をつけた。

「今日の宿代はすでに払《はら》ってあるんだろ？　なら朝飯も食ったし昼まで金は要らんだろ」

「そうですけど……藤間くんらしくないな、って……だって藤間くん、お金に関してはいつも石橋を叩《たた》いて渡《わた》らないじゃないですかー……」

「おいこらせめて渡れよ。叩いたんだから渡れよ。……効率だ効率」

　たしかに、いつもの俺なら残す。生活費の2シルバーは残す。効率とか言ってもなんだかんだ残す。

……でも、しょうがないだろ。

昨日、５シルバーもの大金を自分に使ってしまったんだから。それを取り返すようにアッシマーにも金を使いたかったんだから。

でも、アッシマーはそういうのを好まない。すぐ恐《おそ》れ入って、あわあわする。なら、自分のぶんも買わないといけなくなるだろ。

そう考えているうちにコストオーバーしちゃったんだよ。……絶対に言わんけど。

まあともかく、俺たちの所有する現金は4カッパーになった。採取をして集めた素材でアッシマーに調合や加工をしてもらわないと、昼飯すら食えなくなる。

……いや、マジで俺らしくないわ。

「行くか。コボたろう、自分でスキルをセットできるか？」

「がうっ！」

《コボたろうが【槍ＬＶ１】をセット》

視界の端《はし》に表示されるメッセージウィンドウ。

「おー本当にできるな。偉《えら》いぞコボたろう。……でもな、まだここは街中《まちなか》だ。【槍】は必要ないぞ」

「が……がう？」

俺の指摘《してき》にコボたろうはすこし焦《あせ》ったような様子。そうしながら、

《コボたろうが【歩行ＬＶ１】をセット》

「こ、こう……？」と、ちゃんと自分で正解を選んでみせた。

「そうだコボたろう。よくわかったな」

頭を撫《な》でてやると、コボたろうは安心した顔をして、

「くぅーん……」

弱々しくそう鳴いた。やばい、コボたろう可愛すぎじゃね？


宿の入り口でステータスモノリスに触《ふ》れる。

藤間透　☆転生数０
ＬＶ　１／５　ＥＸＰ　０／７

▼
ＨＰ　10／10（防具ＨＰ５）　ＳＰ　10／10　ＭＰ　４／10

▼――ユニークスキル

オリュンポス　ＬＶ１

　召喚魔法に大きな適性を得《う》る。

▼――パッシブスキル

――ＬＶ３――

採取

――ＬＶ２――

器用

――ＬＶ１――

ＳＰ、技力、召喚、逃走《とうそう》、歩行、運搬、草原採取、砂浜《すなはま》採取、砂採取

▼――装備

コモンステッキ　ＡＴＫ1.00

コモンシャツ　ＤＥＦ0.20　ＨＰ２　　コモンパンツ　ＤＥＦ0.10　ＨＰ２

コモンブーツ　ＤＥＦ0.10　ＨＰ１　　採取用手袋《てぶくろ》ＬＶ１

――――――――――

足柄山沁子《あしがらやましみこ》　☆転生数０
▼――――
ＬＶ　１／５　ＥＸＰ　０／７
ＨＰ　７／７（防具ＨＰ５）　ＳＰ　16／16　ＭＰ　８／８
▼――――ユニークスキル
アトリエ・ド・リュミエール　ＬＶ１
全ての非戦闘《せんとう》スキルに適性を得る。
アイテムの使用に大きな適性を得る。
モンスターからの報酬《ほうしゅう》が増加する。
▼――――パッシブスキル
――ＬＶ３――
調合、錬金、加工
――ＬＶ１――
○幸運、ＳＰ、器用、逃走、歩行、採取
▼――――装備
コモンシャツ　ＤＥＦ0.20　ＨＰ２　ボロギレ（上）

コモンパンツ　DEF0.10　HP2　　コモンブーツ　DEF0.10　HP1
採取用手袋LV1

コボたろう（マイナーコボルト）　☆転生数0
LV　1／5　EXP　0／3
消費MP9　状態：召喚中　残召喚可能時間：81分
▼――――
HP　15／15　SP　10／10　MP　2／2
▼――――特性スキル
マイナーコボルトLV1
全身に武具を装備することができる。槍の扱いに適性を得る。
コボルトボックスLV1
容量5まで収納できるアイテムボックスを持つ。
▼――――パッシブスキル
【スキルスロット数：1】　歩行

――LV1――

器用、槍、防御、【歩行】
▼――――装備
コボルトの槍　ATK1.00
ボロギレ（上）　ボロギレ（下）
▼――――その他補正
★オリュンポスLV1
召喚《しょうかん》モンスターのLVに応じたスキルブックがセットできる。

全召喚モンスターの全能力、召喚可能時間↓×1.1

二〇分以上休憩したのに、MPが3しか回復してないのかよ。MP満タンになるのを待ってたら、あと四〇分以上宿にいなきゃならない計算になる。

……まあ採取ならMPを使わないし大丈夫《だいじょうぶ》だろう。そう思いアッシマーから自分のステータスを隠《かく》すように閉じて、アルカディアの街へと三人ぶんの影《かげ》をつくった。

女将《おかみ》の言葉は本当で、コボたろうが街を歩いていても街の人たちは全然驚《おどろ》いた反応をしない。まるで普通《ふつう》の人を見るような反応だ。

半信半疑だった俺たちは安心し、東門からオルフェ海岸——砂浜へ向かった。

砂浜に到着《とうちゃく》したとき、大事なことに気がついてしまった。

「あ……しまった。コボたろうにコモンブーツを買ってやってねえ。……よかったら、俺のを履《は》くか？」

「藤間くんいくらなんでもコボたろうへの愛が深すぎませんか⁉」

以前コモンブーツを履く前に砂浜へ来たとき、足裏の砂が熱くて採取どころじゃなかった。それにガラスとか散らばってていろいろと危ない。コボたろうのコモンブーツを購入するために街へ戻ろうと思ったが、俺たちの全財産は4カッパー。

「がうがうっ！」

コボたろうは「平気だよ！」とでも言うように素足《すあし》のまま砂の上で跳《と》んでみせる。やはりコボルトの蹠《あしうら》は人間よりぶ厚いのだろうか。

同時に、先日の砂浜での戦闘を思い出す。

「でもなぁ……こないだのコボルト、ガラスが足の裏に刺《さ》さって痛そうにしてたしなぁ……。コボたろう、じゅうぶんに気をつけてくれ」

「がうっ！」

散乱するゴミに注意しながら採取スポットへ向かう。ラッキー、今日は全然人がいない。

「あー、やっぱ【警戒《けいかい》ＬＶ１】を買っておけばよかったかな……。コボたろう、悪いけどモンスターが来ないか見ていてくれるか？」

「がうっ！」

昨日、リディアからアドバイスをもらった通り。

採取中にモンスターが現れてから召喚したのでは、ＭＰの急速消費により、俺がふらふらになってしまう。

だから前もって召喚しておいて、コボたろうが居てくれる一一〇分のあいだに宿へ帰還《きかん》する。

そうすることで、俺は採取で金を稼ぎながら召喚に慣れ、【召喚】スキルや【ＭＰ】スキルの習得が可能になってゆく。

リディアはこれを一ヶ月ほど繰《く》り返せば、俺は駆《か》け出しの召喚士になれると言った。

でも、そんなに待てるわけがないだろ。

召喚モンスターの華《はな》は戦闘にこそある。このままコボたろうを一ヶ月も警戒に専念させるなんて、可哀想《かわいそう》だろ。

だから、三〇日を二九日に。四週間を三週間に。三週間を一週間に。

一日でも早く、一人前になってやる。

《採取結果》

39回

採取ＬＶ3→×1.3

砂浜採取ＬＶ1→×1.1

砂採取ＬＶ1→×1.1

←

61ポイント

判定→A

オルフェの砂

オルフェのガラス×2

オルフェの白い砂を獲得《かくとく》

「あれ、おかしいな……」
べつに手を抜《ぬ》いたつもりはない。しかし【器用LV2】と【技力LV1】を習得したにしては、効果が表れていない気がする。

《採取結果》

41回
採取LV3↓×1.3
砂浜採取LV1↓×1.1
砂採取LV1↓×1.1
←
64ポイント

判定↓A
オルフェの砂×2
オルフェのガラス
オルフェの白い砂×2を獲得

「はぁっ、はぁっ……！　あれ、くそっ……」

採取五回目。思うほど振《ふ》るわない。いや、なんだろう。手は動くんだよ。昨日より。

でも頭があまり働かなくて、すぐに疲れてしまう。

「藤間くん、しょうがないですよぅ……。昨日、リディアさんが言ってたじゃないですかぁ……」

同じタイミングで採取を終えたアッシマーがこちらへ心配そうな顔を向けてくる。

「昨日まで藤間くんはMPなんて使っていなかったんですから。身体《からだ》が召喚で消費したMPを回復するために一生懸命《いっしょうけんめい》なんですよぅ……だからSPの自然回復が遅《おそ》くて疲れちゃうって言ってたじゃないですかぁ……」

あー。たしかに言ってた。言ってた、けど……。
そんなの気にしてたら、いつまで経《た》ってもっ……！

《採取結果》

27回
採取LV3→×1.3
砂浜採取LV1→×1.1
砂採取LV1→×1.1
←
42ポイント

判定→C
オルフェの砂×3を獲得

いつまで……経ってもっ……。

蹲《うずくま》り、砂を殴《なぐ》る。

採取九回目。ついにC判定まで落ちた。タッチは二十七回。【器用】や【技力】スキルを持たない高木や灯里より少ない。

「ぐるぅ……」

コボたろうは本当にえらい。

俺はモンスターを警戒しろって言っただけなんだ。

なのに。コボたろうは、なにをしていたと思う?

警戒しながら、砂浜に散乱するゴミを拾い集めていたんだ。

誰《だれ》だよ召喚モンスターには自我《じが》がないとか言ったやつ。最初は心がないとか言ったやつ。

これがコボたろうの心じゃなくてなんなんだよ。

アッシマーは安定してC判定を獲《と》り続けている。休憩をとっていないぶん、オルフェの砂を集めた数は俺よりも多い。

負けて……られっかよ……。

《採取結果》

12回
採取LV3→×1.3
砂浜採取LV1→×1.1
砂採取LV1→×1.1
←
18ポイント

判定→X
獲得なし

「コボたろう、藤間くんをおぶってもらえますか？　わたし、革袋《かわぶくろ》を全部持ちますのでっ」

「がうっ！」

「ああっ、その革袋、一番重いやつですよぅ……。わ、藤間くんを担《かつ》ぎながら革袋まで……コボたろうは力持ちですねぇー」

「がうがうっ！」

「んしょっ……と……。わわ、藤間くん、いつもこんなに重い荷物をひとりで持っていたんですか？　無茶《むちゃ》ですよぅ……」

「ぐるぅ……」

なん……だよ、これ。

なんだよこれ。

やめてくれよ。俺《おれ》、まだできるって。

恥《は》ずいから。なあ、コボたろう、おろして、くれよ。

なあ、アッシマー、そんな重いもん、持ってんじゃ……ねえよ。

「……」

「……」

俺の言葉は声になっているのかいないのか。ふたりともなにも応えてはくれなかった。

なん……で、だよ。

調合メインなのに、俺よりも砂を集めたアッシマー。自我を持たないはずなのに、警戒だけでなく、ゴミ拾いを自主的に行なったコボたろう。

朝の静かな砂浜。心地《ここち》よいはずの波音も、しじまには程遠《ほどとお》く、いまはただ鬱陶《うっとう》しい。

三人いるなかで、どう考えても俺だけがクズだった。


死にたくなるような思いで宿に帰還すると、コボたろうは俺を背からベッドへと優《やさ》しく降ろし、荷物を置いて、

「がうっ」

アッシマーにひとこと言って一礼。そして俺を振り返って一礼。

そして、消えた。白くて優しい光を放ちながら、消えていった。

なんだよそれ……。

待ってくれよ、コボたろう。そんな命令、出してないだろ。

時間もまだ残っていただろ。俺を気遣《きづか》って、勝手に消えてんじゃねえよ。

ベッドの上で、白い光になったコボたろうをどれだけかき集めても、胸に集まるのは虚《むな》しさだけだった。

白い光が部屋に満ちたはずなのに、光までも完全に消えたとき、残ったのは無力感だった。

なんでだよ。第一歩を踏《ふ》み出したはずだろ？

ここから召喚無双《しょうかんむそう》がはじまるはずだったんだろ？

「くっそぉ……！」

かき集める腕《うで》を天井《てんじょう》へ向けたまま、俺の意識は遠のいてゆく。

微睡《まどろ》みに堕《お》ちるその刹那《せつな》、柔《やわ》らかな手が俺の腕を包んで、温かな布団《ふとん》の中へそっと仕舞《しま》ってくれた。

それをありがたいと感じてしまった己《おのれ》が、どうしようもなく情けなかった。

◆　◆　◆

重い鉛《なまり》のような寝落《ねお》ちからの目覚めは、風化して錆《さ》び付いた銅のようだった。

「こんどこそ大丈夫だ」

コボたろうを再召喚してさらに一時間休憩した。作業台の上に整列されたオルフェのビン三五本が俺の無力を優しく責めているように感じた。

現在午前十時。

俺もアッシマーもSP、MPともに満タンだ。さっきのことがあるから、アッシマーに何度も俺のステータスを確認《かくにん》された。

「こんどこそ……！」

決めただろ。俺は採取。アッシマーは調合。

俺が能無しじゃ、いまみたいにアッシマーが採取もすることになっちまう。アッシマーが採取もして、調合して錬金して加工してリディアに売っちまったんじゃ俺はまるでヒモだ。

働くのは好きじゃねえ。でもヒモはもっと好きじゃねえ。

それに、生きてゆくのにもう俺は必要ない――そうアッシマーが気づいてしまえば、彼女《かのじょ》は俺から離《はな》れていくだろう。そうなれば俺はエペ草やライフハーブを5～7カッパーでギルドに売却《ばいきゃく》する日々に逆戻《ぎゃくもど》り。

そしてなによりも。

「藤間くん、あまり無理しないでくださいね？　つらくなったらすぐに教えてくださいね？」

「……わかった」

きっと、本心から俺を案じてくれているであろうアッシマーに捨てられることが、なによりも怖かった。

《採取結果》

35回
採取ＬＶ3↓×1.3
草原採取ＬＶ1↓×1.1
←
50ポイント

判定↓B
エペ草×3
ホモモ草を獲得

全力で採取をすれば身体がもたない。だから〝身《み》の丈《たけ》にあった〟力で取り組む。そう思っていても、俺の焦りに反応し、身体は全力で動こうとする。
違《ちが》うだろ藤間透。もっと力を抜いていいんだ。B判定を獲得したって、いまみたいに現状不必要なホモモ草が増える可能性が高いんだ。C判定でいいんだよ。B判定五回獲って疲《つか》れるより、C判定をのらりくらりと十回獲得したほうがずっといい。

《採取結果》

29回

採取ＬＶ3→×1.3
草原採取ＬＶ1→×1.1
↓
41ポイント

判定→Ｃ
エペ草×3を獲得

そうだ、これでいいんだ。

「よいしょ、よいしょ……」

アッシマーはスキルを【採取ＬＶ１】しか持っていないため、どう頑張《がんば》ってもエペ草の採取でＣ判定まで届かない。それならばとライフハーブでＤ判定を狙《ねら》って頑張っている。

結果はＥ判定とＤ判定、半々くらいだった。

俺もあと一回エペ草を採取したら、ライフハーブの採取に――

《コボたろうが【槍ＬＶ１】をセット》

――え？

「がうっ！」

コボたろうが吠《ほ》えると、周りで採取をしていた連中も顔をあげ、コボたろうの視線の先に目をやる。

――そこには、槍を構えて駆けてくる、一体のコボルト。

「うわぁぁあああぁぁっ！　モンスターだっ！」

コボたろうの姿には何の反応も見せなかったやつらが弾《はじ》かれたように立ち上がって、南門へと脱兎《だっと》のごとく逃《に》げていった。

「がうっ……！」

コボたろうが背で語る。「逃げろ」と。

「ふ、藤間くんっ……！」

「アッシマー、これにエペ草が入ってる。宿に戻《もど》って調合してろ」

俺に任せて逃げろ。そんなカッコいい台詞《せりふ》など吐《は》けるはずもなく、それだけ言ってリディアからもらったマジックバッグをアッシマーの方向へ放り投げた。

「藤間くんは？」

「いいから早く行け！　早くッ！」

アッシマーがマジックバッグを拾い上げたことを確認すると、槍を持ってこちらへ駆けてくるマイナーコボルト、そしてすこしでも俺たちから遠い場所を戦場にしようと勇敢《ゆうかん》に駆けてゆくコボたろうに視線を移した。

「ギャウッ！」

「がうっ！」

敵コボルトとコボたろうの接触《せっしょく》。槍が三度ぶつかり合い、俺の杖《つえ》とは比べものにならないほど激しい音が、穏《おだ》やかなはずの草原に鳴り響《ひび》く。

「う……」

——その音に、気圧《けお》される。

「ぎゃうっ！」

「ガァウ！」

何度も何度もぶつかり合う。星のような火花を散らして。互《たが》いの身体から繰り出される槍《やり》に、殺意を漲《みなぎ》らせて。

四度《よたび》コボルトに殺された俺が、こんなにも怖《こわ》い。

いままでの戦闘は、戦闘じゃなかった。俺は命を懸《か》けて闘《たたか》っていなかった。

「ぐあうっ！」

「ギャアアッ！」

目を背《そむ》けたくなる。鮮血《せんけつ》が舞《ま》い、マイナーコボルトの肩《かた》が、コボたろうの腹が、紅に滲《にじ》んでゆく。

「があぁぁぁあう！」

「ギャアァァアアアッ！」

草原を劈《つんざ》く咆哮《ほうこう》。コボたろうは両手に持った槍を繰り出す。相手のコボルトも同時に槍を振るい、ふたたび互いの身体に傷を刻んだ。痛みに呻《うめ》いたところに突《つ》き出された槍をなんとかかわし、槍の底——石突《いしづき》で相手の目を突き、怯《ひる》んだところにまた踏み込《こ》んでゆく。

——行け、藤間透。そう思っても、足が出ない。

一対一《タイマン》を邪魔《じゃま》しちゃ駄目《だめ》だとか、そんな崇高《すうこう》な考えを持っているわけじゃない。そもそもこれは試合でもスポーツでもなく、殺し合いだ。数の有利を卑怯《ひきょう》だとは思わない。

だけど——怖くて、足が動かない。

四度殺された俺が何故《なぜ》怖《こわ》いのか。……痛いのなんて怖いに決まってるだろ？

俺はいままで、闘っていなかった。やけくそで、どうせ死んでもやり直せると諦《あきら》めて、想像を遥《はる》かに超《こ》える痛みを必死に呑《の》みこんだだけ。

「グルアアアア！」

「ぐあああああっ！」

死ぬとわかって投げやりに受ける痛みよりも、闘って、どちらかが死に至る——その過程で受ける痛みのほうが尊いぶん、痛いに決まってるだろ。

「はぁっ……はあっ……！」

動けない。怖すぎて、動けない。コボたろうもコボルトも血塗《ちまみ》れ。

あのなかに俺が……？　冗談《じょうだん》だろ…………？

眼を塞《ふさ》ぎたくなるような命のやりとり。

耳を塞ぎたくなるような槍同士の乱暴な接触音。

素人目《しろうとめ》にはふたりに実力差はないように思える。ならばコボたろうがやられる可能性だって……！

「はぁっ……！　はあっ……！」

俺の足は縫《ぬ》いつけられたように一歩も動かないというのに、代わりに焦燥《しょうそう》だけが乾《かわ》いた息となって口から溢《あふ》れ出る。

運命のいたずらなのだろうか。それとも【槍ＬＶ１】のスキルを習得しているからなのだろうか。

「ぐるぁぁあああっっ！」

「ギャアアアアアッッ！」

――――終《つい》ぞ。

終ぞ俺がなにもできぬまま、コボたろうの槍がマイナーコボルトの喉《のど》を貫《つらぬ》いた。

「グ……グ……ゴボ……」

「……ぎゃう……ぐぁ……はっ、はっ……」

槍で相手の喉を貫いたまま肩で息をするコボたろう。鋭《するど》い視線は、死にゆくコボルトの虚《うつ》ろな瞳《ひとみ》を睨《にら》み続けている。

《戦闘終了《せんとうしゅうりょう》》

《1経験値を獲得》

やがて緑の光が一体のコボルトを天へと連れ去っていった。

血に濡《ぬ》れた草原が、敵モンスターのぶん――半分だけ、緑を取り戻してゆく。となれば
……残った紅は……。

「コボたろう！」

コボたろうが膝《ひざ》をついた。俺は竦《すく》んだ足をもたつかせながら駆け寄る。

モンスターが死ねば緑の光が現れ、木箱だけを残し、自らの血をも綺麗《きれい》さっぱり天へ連れてゆく。しかし、虚ろな目をしたコボたろうをべっとりと染めるぬらついた紅を見て、それがすべてコボたろうの血液だとは信じたくなかった。

「がう……」

「コボたろう！　コボたろう！」

片膝《かたひざ》ついたコボたろうの肩を抱《だ》く。肩、脚――なにより、深く突かれた腹部の出血がひどい。

そ、そうだ、HP。オリュンポス、コボたろうのステータスを！

コボたろう（マイナーコボルト）☆転生数0
LV　1／5　EXP　0／3
消費MP9　状態：召喚中　残召喚可能時間：27分
▼
HP　3／15　SP　2／10　MP　2／2

「HP3でSP2ってどうなんだよ……！　RPGならギリギリセーフだけどこの世界の場合やばいんじゃないのか？　コボたろうどうなんだ、一回召喚解除したほうがいいのか？　そもそもコボたろうが死んじゃったらどうなるんだ!?」

俺の問いにコボたろうは首を横に振る。それと同時に脳内へ【オリュンポス】の知識が流《なが》れ込んできた。

……どうやら、召喚モンスターが戦闘不能になった場合、二時間の復活待ち時間が必要で、そのあいだは再召喚ができなくなるらしい。そう、視界の端《はし》に映ったウィンドウが教えてくれた。

　つまり、コボたろうを喪《うしな》ってしまうことはない。最悪の事態は有り得ないと安堵《あんど》しながらも、傷だらけで辛そうなコボたろうの状態は看過できるものではない。

「だ、だめですよぅ藤間くん、あまり大きい声を出したら……」

　その声に振り返ると、やはりアッシマーだった。

「なんでお前いんの。帰ってろって言ったろ」

「腰《こし》が抜けて逃げられなかったんですよぅ……」

　ううっ、と泣きそうな顔になるアッシマー。足がすくんだ俺が彼女になにかを言えるはずもなく、それ以前にそれどころではない。

「コボたろう、召喚解除するぞ」

「ぐるぅ……」

　虚ろな目をしたまま、なおも横に首を振る。震《ふる》える手で指さすのは、コボたろうが倒《たお》したモンスターから現れた木箱。

《コボたろうが【器用ＬＶ１】をセット》

「スキル変更《へんこう》？　これを開ければいいのか？」

「がう……」

　よくわからないが、言われるまま箱に触《ふ》れると、

《木箱開錠《かいじょう》》
マイナーコボルト
――開錠可能者↓開錠成功率――
足柄山沁子↓82％
コボたろう【召】↓22％
藤間透↓2％

敵を倒せば木箱が現れ、その木箱を〝開錠〟して、はじめて報酬《ほうしゅう》が与《あた》えられる。

それは事前知識として知ってはいたし、以前祁答院たち六人がモンスターを倒して鈴原が開錠しているところを遠目で見ていたが、実際木箱に触れるのは初めてだ。

「がう……」

アッシマーに顔を向け、木箱を指差した腕をだらりと下げるコボたろう。

「あ、わたしですか……？」

ダントツで開錠率の高かったアッシマーが、おずおずと木箱に近づいてゆく。

「わたしが開けていいんですか……？　わたし、後ろのほうで震えてただけなんですけど……」

「そんなの俺も一緒《いっしょ》だ。お前が開けることになんの遠慮《えんりょ》も要《い》らん。要らんけど……」

「けど？」

82％。悪くない数字だ。

だけど、コボたろうがぼろぼろの状態で開錠に失敗したら……？

箱が消えるだけならまだいい。しかしこの世界の木箱は、開錠に失敗すると罠《わな》が発動する場合がある。

過去に、あまり質の良くない攻略《こうりゃく》サイトで確認した情報によれば、エシュメルデ周辺の草原でドロップする木箱には、ほとんど罠はかかっておらず、開錠に失敗すると中身が消えるか、静電気や石つぶて、タライといった軽微《けいび》なダメージを受けるような罠しかないという。

「でもやっぱりやめておく」

「はあああああ⁉　開けないんですかぁ⁉」

「罠の効果はパーティメンバーのなかからランダムに選ばれるものもあるんだ。コボたろうにダメージが入ったらどうするんだ」

「がう……がうっ！」

「ぼくならだいじょうぶ！」と慌《あわ》ててフォローするコボたろう。いやお前、マジで死んじまうって。

「さすが石橋を叩《たた》いて渡《わた》らない藤間くんですねぇ……」

「それやめろや」

「でもだいじょうぶですっ」

「大丈夫《だいじょうぶ》？　なんでだ？」

俺が胡乱《うろん》げな目で問うと、アッシマーは豊かな胸部を突き出して、

「わたし、失敗しないので！」

「すげえ。俺そのセリフを聞いて不安になったの、生まれてはじめてだわ」

「見ててください藤間くん、コボたろう！」

「がうっ」

見ててください！　じゃねえよ、がうっじゃねえよ、なんかコボたろうすこし元気になってない？　っていやちょっと待てよおい。

「おい開けんなよ絶対開けんなよ」

「致《いた》しますっ！」

「致しませんって言えよ馬鹿野郎《ばかやろう》!?」

「とーーーーーっ！」

「あっ、ちょ」

《開錠結果》

開錠成功率　71％
アトリエ・ド・リュミエールLV1→×1.1
幸運LV1→×1.05
←
開錠成功率　82％
←
成功
アトリエ・ド・リュミエールLV1→×2.0

幸運ＬＶ１→×1.1
←
66カッパー
コボルトの槍
【採取ＬＶ１】を獲得

―――


「うおっ……は、はぁぁぁぁぁぁー……」

「はあああああ……！　成功か……！」

「おいこらよかったぁじゃねえんだよ。失敗したらどうするつもりだったんだよ」

安堵した様子でぺたりと座《すわ》りこむアッシマーへじっとりとした視線を流すと、いけしゃあしゃあと、

「だって多数決で開けるって決まったんですもん……」

「……んあ？　多数決？」

「藤間くんは開けない。コボたろうは開ける。わたしも開ける。……ね？」

「がうっ」

「っ……馬鹿じゃねえの……」

悪態をついて顔を背ける。そうしながらも、アッシマーがコボたろうのことをちゃんとひ、と、り、として数えてくれていることに、あたたかさのようなものを感じてしまった。

「それに……藤間くんとコボたろうの初勝利じゃないですか。これ以上コボたろうを傷つけたくない気持ちもわかりますが、コボたろうの傷をひとつでも無駄《むだ》にしたくないじゃないですかぁ……」

「……そうだな」

この報酬は、コボたろうの覚悟《かくご》、決意、傷――そんな熱、血、の結晶《けっしょう》だ。それを無視するなんて、できねえよな。

「そうだな。コボたろう、アッシマー。俺が悪かっ――」

「それ以前にわたし、近くにいたからですかね？　どういう仕組みかわからないんですけど、パーティの一員だと判定されたみたいで、経験値1もらっちゃったんですよねぇ……えへへ……尻《しり》もちついてただけなのに…………えへへぇ……だからその、開錠くらいしないと申しわけないなって……」

………。

まあ、いいか。アッシマーがいないとこの木箱は開けられなかったわけだし。つーかいまさらだけど、なんで俺の開錠成功率2％だったの？

それに、自然回復だろうか、コボたろうも顔色が戻ってきている。だから、いい。

ともあれ時間が経つと箱に表示されたウィンドウとともに木箱は消え失《う》せ、草の上に66カッパー、槍、本が無造作に散らばった。

「つーか報酬すごいな。さっきのウィンドウを見たかぎりじゃ、アッシマーのスキルのおかげか」

「単純計算2.2倍ですねぇ。マイナーコボルトさんは30カッパーをドロップするってことですかね？」

「たぶんそうだろうな。金とモンスター素材の槍、そんでスキルブック……アイテムの量も増えてるんじゃねえの？」

「どうでしょうか。わたしもはじめてですし、ほかのかたに訊《き》いてみませんと」

「まあ増えてるぶんにはいいか。コボルトの槍、結構かさばるな……。どうやって持つかな……これ穂先《ほさき》が出ていても街中とか大丈夫なのか？」

俺の持つ1メートルほどのコモンステッキよりも50センチほど長いコボルトの槍。柄《つか》の部分は木製、穂《ほ》の部分は白く、たぶんなにかの骨か牙《きば》でできている。

コボルトの槍
ＡＴＫ1.00

モンスター素材。コボルトが用いる簡素な槍。


　ちょっと邪魔だなと思っていると、すこし元気になったコボたろうが槍に手を翳《かざ》し、

「がうっ」

　コボルトの槍をかき消した。

「え、おいちょっと、いまなにを――あ」

　そういえば、コボたろうの特性スキルにあった――

【コボルトボックスＬＶ１】か？」

「がうっ！」

　五個までアイテムを収納できるらしい、目に見えぬ箱。

コボたろうは持て余した荷物――コボルトの槍を、己《おのれ》の判断で自分のボックスに仕舞ってくれたのだ。

「ありがとなコボたろう。お前めちゃくちゃ賢《かしこ》いな」

「が、がう」

照れたように顔を伏《ふ》せるコボたろうが可愛《かわい》い。というか、傷が塞がって、真っ赤だった服もどういうわけか元の茶色を取り戻してきた。

コボたろう（マイナーコボルト）　☆転生数0
LV　1／5　EXP　0／3
消費MP9　状態：召喚《しょうかん》中　残召喚可能時間：16分
▼
HP　7／15　SP　5／10　MP　2／2

すげぇ。いまの一〇分のあいだで羨《うらや》ましいくらいの回復力。

なにはともあれ、コボたろうは死地を脱《だっ》したようで、俺はほっと胸をなで下ろした。

……ん？　でも、あれ？　コボたろうに経験値、入ってなくないか？

◆　◆　◆

コボたろうはマイナーコボルトと死闘《しとう》を繰《く》り広《ひろ》げた後、一〇分ほど俺たちの採取を見守り、時間満了《まんりょう》で白い光に包まれ消えていった。

「アッシマー、お前も戻って調合しててくれ。そろそろ始めないと、昼に来る予定のリディアを待たせちまう」

「はいっ！　……藤間くんは戻らないんですか？」

「俺はもうすこしだけやってく。革袋をふたつも持たせて悪いけど」

「砂と違って草は軽いので大丈夫ですっ。……藤間くん、あまり無理しないでくださいね？」

アッシマーは何度もこちらを振《ふ》り向き、手を振りながら去っていった。

……これでひとり、落ち着いて採取ができる。そう独《ひと》り言《ご》つ。

しかしなぜだろうか、そっと頬《ほお》を撫《な》でた涼風《りょうふう》がやけに寂《さび》しく感じた。

《採取結果》

44回
採取ＬＶ3→×1.3
草原採取ＬＶ1→×1.1
←
62ポイント

判定→A
エペ草×3
ホモモ草
薬草を獲得《かくとく》

よし、やっぱり【器用ＬＶ２】と【技力ＬＶ１】の効果はちゃんと出てる。エペ草じゃ初めてのＡ判定。

やはりさっきまでの不調は召喚の負荷《ふか》によるものだったのだ。よかった。俺《おれ》、下手になってなかった。

というか喜びのあまり見逃《みのが》しそうになっていたが、Ａ判定だと薬草が採れるのかよ。

いまさら説明するのもあれだが、普段《ふだん》、『エペ草×ライフハーブ＝薬草』というレシピを用いてアッシマーに薬草を調合してもらっている。つまりこれはエペ草とライフハーブを同時に手に入れただけでなく、アッシマーの作業をひとつ減らせたことになる。

「よし……！　この調子で……！」

《採取結果》

43回

採取LV3→×1.3

草原採取LV1→×1.1

←
61ポイント

判定↓A
エペ草×4
薬草を獲得

今日、明日、明後日で一週間。
『はわわわわ、藤間くん、だめですよぅ……』
アッシマーを雇《やと》って一週間。
あれだけうっとうしいと毒づいたアッシマーが、俺の前から消えるかもしれない。

《採取結果》

44回
採取LV3→×1.3
草原採取LV1→×1.1
←
62ポイント

判定→A
エペ草×4
薬草を獲得

あざといのをやめろとか、うるさいとか、たくさん言った。
それなのに。

《採取結果》

28回
採取LV3↓×1.3
草原採取LV1↓×1.1
←
40ポイント

判定↓C
エペ草×3を獲得

……それなのに、なんでこんなに苦しいんだよ。

アッシマーのつくったものではなく、あれだけ欲《ほっ》した自分の、、、力で手に入れた薬草は、ただただ冷たい。

「坊主《ぼうず》！」

仄暗《ほのぐら》い気持ちを、厳《いか》つく大きな声が劈いた。

「あー、オッサン」

中肉中背、禿《は》げた頭にふっさりとした白い髭《ひげ》。ティニール――ダンベンジリのオッサンだ。

彼《かれ》はライフハーブの採取スポットへ移動した俺に頭を下げてくる。

「昨日は本当にすまんかった！」

なんのことだろう、と記憶《きおく》を手繰《たぐ》ると、わりと新しい場所にそれはあった。

昨日ダンベンジリのオッサンと採取中、二体のコボルトが現れた。そしてまあ色々あって、オッサンが死ぬところを俺が代わりに死んだのだ。

「べつに。どう考えたって俺が死んだほうがいいんだから」

異世界勇者は死んでも二時間後に復活するが、こっちの人間はそうはいかんだろ。

「ワシだって坊主みたいな若いもんに痛い思いをさせちまったのは申しわけねぇと思ってるんだ。それに本来なら、ワシが死ぬか財産の半分を失うところだったんだからな」

「……は？」

財産の半分？　なに言ってんだ？

「坊主、ソウルケージを知らんのか？」

「なんだそれ」

異世界勇者ではないアルカディアの住人は、死ねば終わり。――そう思っていたんだが、どうやらそうじゃないみたいだ。

アイテム、ソウルケージ。

魂の籠と銘打《めいう》たれたそれを所持していれば、戦闘《せんとう》で命を落としても、魂はケージに封印《ふういん》され、近くにドロップするらしい。

オッサンが取り出したのは、モンスターの意思のような菱形《ひしがた》の石だが、いまは微塵《みじん》の輝《かがや》きもない。所有者が命を落とすとこの中に魂が入り、淡《あわ》く輝くそうだ。

「モンスターはなぜかこのソウルケージが落ちていることに気づかん。モンスターに認識《にんしき》されることはない。だからモンスターに意図して壊《こわ》されることはないから、気づかず誰《だれ》かに踏《ふ》み潰《つぶ》されたり、雨風で見えないところに隠《かく》れてしまうことがなければ復活できる」

「オッサンが死んだら、そのケージ？　に封印されるってことか？　復活はどうやるんだ？」

「親切なもんがギルドへ届けてくれれば、ギルド直属のプリーストが復活させてくれる。ステータスや財産を調べられて、高額な復活料をふっかけられるがな」

そう、なのか。死んだら終わりじゃなかったのかよ。

どうやらこのソウルケージは安いものだとギルドにて２シルバーから３シルバーで販売《はんばい》

していらしく、現地住民が街の外へ出るときの必需品《ひつじゅひん》だという。

「なんだよ。俺、無駄死《むだじ》にかよ」

「ガハハハハ！　そんなことはないぞ！　ワシらが死ぬと、法外な復活料に加え、ケージをギルドまで持っていってくれた親切なもんに礼をするのが一般的《いっぱんてき》だ。……だから坊主、これをやろう」

そう言ってダンベンジリのおっさんは何もない空間から輪っかのようなものを取り出した。この技、リディアも使ってる【☆アイテムボックス】のスキルじゃねえか。いいよなぁアイテムボックス。

「で、なんだこれ」

差し出された輪っかに反応して思わず手を差し出すと、

☆ワンポイント（レザーブレスレット）

装備中、任意のパッシブスキルひとつのレベルが1上昇《じょうしょう》する。

上昇させるスキルは選択《せんたく》から一二時間後に変更可能。

複数装備しても、効果はひとつぶんのみ。


「え、なにこれ」

ものすごく強い気がするんだけど。なにこれ。『☆』ってことはレア？

「レザーブレスレットのユニーク装備だ。等級はレアだな。鑑定《かんてい》してあるんだから情報は全部見られるだろ？」

「なんだこれ、どうすりゃいいの」

「腕《うで》に嵌《は》めるか『装備』って念じりゃいいんだよ」

「いやそんなことじゃなくて」

焦《こ》げ茶《ちゃ》の革製《かわせい》ブレスレット。ほんの小さな水色の宝石が一点だけ嵌《はま》っていて、注意しなければ気付かないほどわずかに白く煌《きら》めいている。

いやこれめっちゃいいものだよね？　俺にくれるって言った？　ユニーク装備？　レア？　俺に？　嘘《うそ》だろ？

困ってダンベンジリのオッサンに顔を戻《もど》すと、いつもの飄々《ひょうひょう》とした面構《つらがま》えはどこへやら、真剣《しんけん》な面差《おもざ》しになっていて、

「ティニールは受けた恩を必ず返す。坊主――いや、藤間透。本当にありがとう」

「え」

その変貌《へんぼう》にぎょっとする。

しかしそのおかげか、そういうつもりで助けたわけじゃない――そんな言葉は失礼にあたる気がすると理解できた。

「装備」

そう呟《つぶや》くと白い光がブレスレット――『☆ワンポイント』に集まって、その光は俺の左手首に纏《まと》わりつく。白い光が消えたとき、俺には大きすぎるように見えた輪っかは俺の手首にフィットする長さで嵌っていた。

「え、なにこれ。装備って言うだけで装備できるの？　服とかも？」

「そうだ。知らんかったのか？　ガハハハハ！」

……いや知らねえよ。だってあの質の悪い攻略サイトにはそんなこと書いてなかったからね！

俺が腕輪《うでわ》を嵌めたことで、ダンベンジリのオッサンはいつもの陽気な感じに戻った。

……その左手首には。

「おい、それ……いま貰《もら》ったのと同じやつ」

「そうだ。ダブっていてワシにはもう必要なかったからな！　ガハハハハ！」

ざけんな。なんかすげぇ大切なものを貰っちまったんじゃないかってひやひやしちゃったたろ。

「──透」

「あ、え、なに」

また急に名前で呼ばれてひやりとする。ダンベンジリの表情はまたもや真剣。

「ワシは異世界勇者ってのが好きじゃねぇ」

「……なんだよ急に」

睨みつけるような緑の瞳。俺を測ろうとするような鋭い眼光。

「お前らは基本的にワシらよりも強い。だからワシらにできんことをいとも簡単にやってみせる。そしてやがてワシらティニールを格下と馬鹿にする」

「……」

そんなの、異世界じゃなくてもよくある話だ。

食うか食われるか。強いやつは食うんだ。食いものにされ続けた俺は、だからこそ強いやつがきらいなんだ。

「でも、透だけは違《ちが》ったな」

「……え」

陽気でも飄々でも、ましてや俺を睨《にら》みつけるでもない。孫の心配事がひとつ減った好々爺《こうこうや》のような穏《おだ》やかな笑《え》みをふっと浮《う》かべ、

「透はワシを助けてくれた。ワシを立たせてくれた手の温《ぬく》もりを、ワシの代わりに死地に立ってくれたあの背中を、ワシは忘れんよ」

どっ。

あ、え、あ？

どっ、どっ、どっ、どっ、どっ。

これは……。この胸の高鳴りは。

「ワシは透を応援《おうえん》する。透みたいな男にこそ強くなってほしい。――心からそう思う」

どっどっどっどっ……。

天秤《てんびん》――俺が乗る受け皿の下にある、胸を高鳴らせるスイッチが、また押《お》された。

「ガハハハハ！　坊主、いいもん手に入れたな！　ガハハハハ！」

顔まで赤くなる俺に微塵の斟酌《しんしゃく》も見せず、俺の肩《かた》をばしばしと叩くと、ダンベンジリのオッサンはいつもの様子に戻って、エシュメルデの南門へと楽しそうにのっしのっしと歩いていった。

3　踵《かかと》――孤独《こどく》が強さならば

戸惑《とまど》いを隠せぬままライフハーブを採取して、安宿――とまり木の翡翠亭《ひすいてい》へ戻ると、

「おつかれさま」

「おう、来てたのか」

錦糸《きんし》のような長い銀髪《ぎんぱつ》。洗練された顔のパーツ。白磁のように白やかな肌《はだ》。足腰《あしこし》は細いのに、胸だけは勢いよく突《つ》き出ている。というのに、ぬぼーっとした目と雰囲気《ふんいき》が嫌味《いやみ》を与えない。2・5次元の美貌《びぼう》――リディア・ミリオレイン・シロガネが安宿のベッドに腰《こし》掛《か》けていた。

「アッシマーからきいた。戦闘して勝ったって。おめでとう」

「コボたろうが頑張《がんば》ってくれてな。俺らはマジで震えてるだけだったわ」

よっこいしょ、とベッドに革袋《かわぶくろ》を下ろす。そうしながら戦闘後に覚えた疑問を口にした。

「そういえば、コボたろうに経験値が入ってないみたいなんだけど……」

俺の質問に、リディアはぬぼっとしたまま答えてくれる。

マイナーコボルトの経験値は2。

この2の経験値をまずパーティメンバーで分けあうそうで、俺とアッシマーには1ずつの経験値が入った。

ここからなんだが、なんでも召喚モンスターは、召喚者の獲得した経験値の半分を獲得し、それを経験値入手時に召喚されていたモンスター同士で分けあうらしい。

つまり、俺が獲得した経験値は1。召喚モンスターであるコボたろうには0.5の経験値が入る。しかしこの世界は基本的に小数点以下は表示されないか切り捨てだ。

今回の場合は切り捨てられず、コボたろうにはちゃんと0.5の経験値が入っているから、次に俺が1の経験値を獲得した際には、コボたろうの経験値表示はちゃんと1になるそうだ。よかった。

しかしあれだな。コボたろうのレベルアップに必要な経験値が3だから、簡単そうに思っていたんだが、そうか、俺の半分か……。必要経験値が7の俺たちとあまり変わんなくて残念だな。

《調合結果》

―――――――――――――――
エペ草
ライフハーブ
―――――――――――――――
調合成功率　74％
アトリエ・ド・リュミエール→×1.1
調合LV3→×1.3
幸運LV1→×1.05
←
調合成功率　100％
連鎖《れんさ》成功率　5％
←
薬草×2を獲得
―――――――――――――――

「やった……！」

「え、なに連鎖成功率って」

ウィンドウを後ろから眺《なが》めていた俺が声をかけると、

「はあああああああああああ!?」

「うおあびっくりした。なんだおい」

アッシマーに絶叫《ぜっきょう》され、跳《と》び跳《は》ねるようにして驚《おどろ》く。そんな俺に対し、リディアは表情を崩《くず》さず、瞬《まばた》きをするのみだった。

「ふ、藤間くん、いつからいました?」

「え。結構前。普通《ふつう》にリディアと会話もしてたけど」

「してたけど」

「ぜんっぜん気づきませんでしたぁ……」

胸に手をあてて深呼吸するアッシマー。……相変わらず凄《すご》い集中力だな。

「なあ、連鎖成功率ってなに?」

「調合成功率が100%になると、超過分《ちょうかぶん》がすこしだけ連鎖成功率に変換《へんかん》されるらしいんですけど……成功すると、同じアイテムがふたつ手に入るみたいなんですよぅ」

「そういやいま、たしかに薬草二枚を獲得してたよな。……それってまさか、エペ草一枚とライフハーブ一枚ずつで薬草を二枚獲得したってことなのか?」

「そうみたいですっ」

「マジかよ」

リディアを振り返ると、こくりと頷《うなず》いてみせた。どうやらマジらしい。

「すげえじゃねえか。それってめっちゃおいしいよな」

「そうなんですけど、連鎖成功率は５％ですし、あまり期待はできないです」

「まあ成功すりゃラッキーって感じだな。……それにしても」

薬草の調合成功率、１００％を超《こ》えたのか。

数日前は、スキル補正を合わせても70％しかなくてぎゃあぎゃあ言ってたのに。

頑張ったんだな、アッシマー。

もちろんそれはスキルの補正による功績が大きい。しかしスキルを習得可能になるまで、そして素の調合成功率の上昇はアッシマーが頑張ったからにほかならない。

「いっておくけど、調合の連鎖はだれにでもできるわけではない」

リディアが息を吸ってから、補足するように口を開く。

「ほんらい、連鎖は調合をくりかえして経験をつんだ人が【☆調合連鎖】のスキルを習得してはじめてできるようになる。それでも超過《ちょうか》ぶんが連鎖率に変換される割合はこんなにたかくない」

アッシマーのベッドから立ち上がったリディアは、連鎖でできた薬草を美しい指先で軽く摘《つま》み、満足そうに元の位置に戻す。そうしてもう一度息を吸《す》い込《こ》んで、

「調合成功率111%のアッシマーは、超過分11%のうち、はんぶんの5%も連鎖率に変換されている。ふしぎ」

コボたろうの自我《じが》に気づいたときのように、リディアは可愛らしく首を傾《かし》げてみせる。

しかし今回は、たくさん喋《しゃべ》ることに慣れていないのだろうか、やや顔には疲《つか》れが見えた。

でも凄いよな。

エペ草の売値が5カッパー。ライフハーブの売値が7カッパー。

両方売れば売値は12カッパーだが、ふたつを調合して完成する薬草の売値は17カッパー。

それだけで5カッパーの儲《もう》けを生み出すのに、ふたつの薬草が一度の調合で完成すれば儲けは22カッパー。それをオルフェのビンと調合すれば、さらにボロ儲けだ。

俺が直接薬草を採取できるようになったように、アッシマーも確実に成長している。

それはもちろん喜ばしいことだし、生活が楽になることもあって嬉《うれ》しい。

しかしそれを手放しで喜べるほど俺はできた人間じゃないと、もやもやした胸の痛みが俺自身に訴《うった》える。

曰《いわ》く——このままじゃ、置いていかれると。

「エペ草はこっち、ライフハーブはこっちに置いとくぞ。ホモモ草と直接採取した薬草はこっちな」

「わっ、薬草を直接……？　凄いですっ」

「凄くねえよ。お前のほうがよっぽどだ」

部屋にある革袋のひとつには少量のオルフェの白い砂が入っていた。それと空《から》の革袋、空いたマジックバッグを担《かつ》ぐ。

「えっ、ちょ、藤間くん、どこ行くんですか？」

「砂の採取に行ってくる」

「透、まって」

部屋を出かけた俺をリディアの声がつなぎ止めた。

「そのまえにステータスをみせて。どうしてコボたろうといっしょに行かないの」

「そうですよぅ……。そんなに焦《あせ》らなくてもいいじゃないですか」

………。

駄目《だめ》なんだよ。ここで甘《あま》えて、踵を下ろしちゃ駄目なんだよ。

上げた踵をアッシマーに下ろされて、気づけば今度は上げられている。

だって。

ふくらはぎに力を入れて、踵を上げて、背伸《せの》びしてすこしでも追いつかなきゃ、俺の心のなかでどこまでも大きくなってゆくアッシマーに、俺はきっと捨てられてしまうから。

「透」

「藤間くんっ……」

「大丈夫《だいじょうぶ》だ。行ってくる」

リディアの静止とアッシマーの不安そうな顔を振り切って背を向ける。

見てろ。次——宿に帰ってくるころには、俺はもっと大きくなっているから。

……だから。

……だから————どうか。

我ながらなにやってんだって思う。

戻るだけじゃねえか。たった五日前の、藤間透に。

誰かが俺を捨てても、俺だけは俺を棄《す》てない——そんな強いはずの藤間透に。

強いってなんだよ。強さってなんだよ。

決まってる。誰にも依存《いぞん》することなく、ひとりで生きていける力のことだろ。

——だから。

だからアッシマーは、俺を弱くする。

祁答院も灯里も、高木も鈴原も。リディアもココナも女将《おかみ》も、さっき別れたダンベンジリのオッサンも。

一週間だけのつもりだった。調合ができるのならと、ひとりで生きるのがつらい序盤《じょばん》、アッシマーを利用するつもりだった。

……それだけ、だったのに。

アッシマーが調合した薬草や薬湯、錬金《れんきん》や加工を経て手に入れたオルフェのビンよりも、そんな云々《うんぬん》を経過して得た金よりも、いまはアッシマーのほうが煌《きら》めいて見える。

言っておく。もう一度言っておく。

これは、ときめきなんかじゃない。これがときめきならば、恋《こい》ということになる。

恋ってあれだろ？　したことないけど、頭を撫でたいとか、手を繋《つな》ぎたいとか、唇《くちびる》を貪《むさぼ》りたいとか、華奢《きゃしゃ》な身体を思い切りかき抱《いだ》いて自分のものにしたいとか。

逢《あ》いたいとか逢いたくないとか、やっぱり逢いたいとか、逢えない夜には貴女《あなた》を想《おも》うほど、とか。

はっきり言っておくが、そんなんじゃない。

あいつのことを思っても、べつに頬は赤くならないし、一度は劣情《れつじょう》をもよおしたが、それはあれだ。おっぱいのせいだ。いやおっぱいに罪はない。俺も健全な男子だったというだけだ。

でも、あいつと離《はな》れたくない——俺がそう思ってることは認める。

あいつじゃないと駄目なのか。それとも、人との関わりが無くなること自体が寂しくて、俺の胸を痛めているのか。

わからねえ。

一五年も藤間透をやってきた俺に、答えなど見つかるはずもなかった。

「あっ、おかえりなさいです！　よかったぁ、無事で」

「透おかえり」

「おう」

また過労死すればなにを言われるかわかったもんじゃない。ぶっ倒《たお》れる前に宿に帰還《きかん》した。

「いま、砂浜《すなはま》へ透の様子を見にいくところだった」

「大丈夫だっつの……」

俺どんだけ死にやすいと思われてんの？　なに俺スペ〇ンカーなの？　洞窟《どうくつ》探検しちゃ

うの？

「余裕《よゆう》ができたらでいい。これまたガラスにしておいてくれ」

「はいですっ。……うわぁ、短時間でこんなに……」

アッシマーの「うわぁ」は素材がたくさん増えた喜びよりも、俺の無茶《むちゃ》に対する抗議《こうぎ》の色が多分に含《ふく》まれているように聞こえた。

「砂の採取もだいぶ慣れてきた。【器用LV2】と【技力LV1】のスキルを習得したのがでかいな。明日にはAより上の判定が獲《と》れるかもしれねえぞ」

むしろ今日だって獲ろうと思えば獲れただろう。しかしまあ、全力でやるとしんどいし、数をこなすほうが重要だってわかったからな。手加減。そう手加減だ。

「あ、あの……藤間くん、……あのですね……」

休憩《きゅうけい》する前に一度シャワーを浴びようとタオルを手にした俺に、アッシマーがおずおずと声をかけてくる。

「あう……」

その声に振り返る。……しかしその後が続かない。アッシマーはもじもじとしたまま、その後を紡《つむ》がない。

「アッシマーがいえないならわたしからいう。透、採取から帰ってきたら、さいしょにステータスモノリスを確認《かくにん》するくせをつけて」

「癖《くせ》？」

「そう。とくにＳＰもＭＰもすくないうちは危険。どこまでならがんばれるか。どこからが危険か。まいかい確認して、じこかんりして」

自己管理して。まるで休みがちなヘボ社員を叱《しか》る上司だ。事実として俺は何度も死んでるわけだから返す言葉もない。

過保護にされている気がしてすこしつまらない気分になったが、リディアの言うことはもっともだ。俺だって死にたいわけじゃない。あっさり過労死するアルカディアでは、たしかに自己管理は大事だ。

「透、ふれる前に。いま自分のＳＰとＭＰはどれくらいだとおもう」

部屋に設置されたステータスモノリスに触《ふ》れる直前、リディアに声をかけられた。

どれくらい。まあ相当疲れてるけど、死にそうな感じはしない。

ＭＰはさっきコボたろうを召喚《しょうかん》した後、満タンになるまで休憩してから採取に出た。それからあの戦闘があって、その後コボたろうは召喚可能時間を迎《むか》えて解除された。

ってことは。

「ＳＰが５／12、ＭＰが10／10ってとこか。ＳＰはイマイチよくわかんねえけど、ＭＰは自信ある」

「そう。じゃあ確認して」

ようやくリディア大先生の許可がおりた。俺はステータスモノリスに手を触れる。

藤間透　☆転生数0
LV　1／5　EXP　1／7
▼HP　7／10（防具HP5）　SP　1／12　MP　5／10

「ぜんっぜん違うじゃないですかぁ……」

「あ、あれ？　嘘だろ？」

アッシマーにため息をつかれるが、この数値の理由に納得《なっとく》がいかない。

SPが1？　俺、ヘロヘロってこと？　MPが5って……なんで？

「透がここに帰ってきて五分くらいたつ。すくなくとも採取からこの部屋までもどるとちゆう、SPが0だったことはまちがいない。HPまでむしばむほど無理してる」

「なんでだよ……ぶっちゃけ力は抑《おさ》えて採取したぞ。全力でやったら身体《からだ》がもたねえと思ったから」

「さっき透は休憩もせずにでていった。いちどやすめばいいのに、わたしたちをふりきって」

「それは……そうだけど」

怒《おこ》っているような顔をするリディアを横目にふらふらとベッドに腰《こし》かける。

SPが1？　いやいや俺まだ動けるって。

ちょっと足がガクガクで腰が痛くて、頭はフラフラするし汗《あせ》もダラダラで、いま座《すわ》っちまったからしばらく立ち上がれそうにないけど、まだまだやれるって。シャワーで身体を綺《き》麗《れい》にしてすこし休憩すれば――

「……藤間くんは」

「……あ？」

いまだに俯《うつむ》いていたアッシマーがようやく顔を上げた。なにかをこらえるような表情で。

「藤間くんは、どうして自分を棄てるんですか？」

……。

…………。

…………………。

誰かが俺《おれ》を捨てても、俺だけは俺を棄てない——そんな強いはずの藤間透は、とうに己《おのれ》を棄てていたのか。

それで、わかった。俺はもう、弱くなっていたのだと。

アッシマーに捨てられたくなくて。

捨てられる前に、きっと己を棄てるように、自分に鞭《むち》を打っているのだと。

きっとそれは、俺が己を棄てる恐怖《きょうふ》よりも。

アッシマーが、

どんな表情《かお》で、

どんな声色《こえ》で、

どんな心理《こころ》で、

どんな台詞《ことば》で俺を捨てるのか——

それをほんのわずかに想像することすら、怖《こわ》かったからなのだと。

すこし休憩してからシャワーを浴び、ボロギレに着替《きが》えて仮眠《かみん》をとった。

寝《ね》ぼけ眼《まなこ》を擦《こす》ったとき、部屋には誰も居なかった。

ステータスモノリスをタッチし、HP、SP、MPがそれぞれ満タンになっていることを確認すると、

《オリュンポスを起動》

「——来てくれ、コボたろう」

杖《つえ》を軽く木の床《ゆか》につけ、コボたろうを呼び出した。

「がうっ」

「よう。せっかく来てもらって悪いが、MPが回復するまで待機だ。また一時間くらいかかると思う」

「がうっ！」

コボたろうには本当に申し訳ない。

せっかく召喚されても、一〇〇分——【オリュンポス】の効果で一一〇分か——のうち、六〇分は俺のMP回復待ちのための待機時間なのだ。

「コボたろうは……」

「がう？」

「その、正直に答えてほしいんだが……召喚されるのって、嬉しいもんなのか？」

「がうがうっ！」

召喚されていないあいだは余程退屈《よほどたいくつ》なのか、必死に二度頷いて肯定《こうてい》する。

そうなのか。いやもしも俺が召喚モンスターだったら、うっわまた呼ばれたよ面倒《めんどう》くせえ……って悪態のひとつでも吐《つ》いただろうな、って思ったんだよ。

だから、コボたろうの返事を聞いて安心した。

……さて、休憩といってもどうしたものか。

適当に横になったりコボたろうを撫《な》でて時間をつぶしていると、やけに聞き慣れた優《やさ》しいビブラートが聞こえてきた。

「ふんふんふーん♪　……あ、藤間くんおはようございますっ。コボたろうもおかえりなさい」

「がうっ！」

「おう……悪いな、寝てばっかりで」

鼻歌を口ずさみながら帰ってきたアッシマーは首を横に振《ふ》って「むしろ寝ててくれないと困っちゃいますよぅ」と困ったような笑顔《えがお》を向けてくる。

「リディアは帰ったのか？」

「マンドレイクをとりに行く、って言ってました。薬湯が二〇本完成したのでリディアさんに買ってもらったんですけど構いませんよね？」

「ああ。助かる」

「そのお金で黒パンも買ってきましたよっ。コボたろうのぶんも買ってきたんですが、食べられますかね？」

「ぐるぅ……」

コボたろうの反応はどっちつかず。「食べられるよ！」でもなく「食べられません！」でもない。

「食えんこともないが、黒パンは好きじゃないってことか？」

コボたろうは首を横に振る。今度はアッシマーが顔を上げて、

「もしかして食べられるけど、召喚モンスターは食べる必要がないとか……？」

「がうっ！」

どうやらアッシマーが正解らしい。なんだか悔《くや》しい。

「無理にとは言わねえが、せっかくアッシマーが買ってきてくれたんだし、一緒《いっしょ》に食おうぜ」

「がうっ！」

召喚モンスターであるコボたろうの分まで買ってきてくれたアッシマーに心の裡《うち》で礼を

言い、三人でボリボリと黒パンを貪った。

行儀《ぎょうぎ》よく正座して黒パンを噛《か》み砕《くだ》くコボたろう。うん、偉《えら》い。

それにしても、犬は咀嚼《そしゃく》が苦手だってどこかで見たか聞いたかしたことがある気がするが、コボたろうにはなんの問題もないようで安心した。


カランカラン。


「うっす」

三人での食事を終えたあと、宿の斜《なな》め向かいにあるココナのスキルブックショップを訪《おとず》れると、店主が猫耳《ねこみみ》を揺《ゆ》らしながら笑顔で駆《か》け寄ってきた。

「おにーちゃんとコボたろう！　いらっしゃいだにゃー♪　今日はどっちにゃ？　おにーちゃん？　コボたろう？　それとも白い砂かにゃ？」

「砂はまだ貯《た》まってねえ。俺の習得できるスキルが増えてないか確認しにきた」

ココナは「はいはいにゃー♪」と机上《きじょう》のスキルモノリスを差し出してくる。それを受け取りながら、

「今日はこの石板、奥《おく》から取ってこないんだな」

「にゃふふ……おにーちゃんのお友達《ともだち》のユーマとかレニャとかアサミがたくさん買ってい

ってくれたにゃー♪」

祁答院たちが来てたのか。……って。

「べつに友達とかじゃねえよ」

「そうなのかにゃ？」

「そうなんだよ」

無愛想《ぶあいそ》にそう返し、視線をスキルモノリスに落とす。罪悪感からか、最後に小さな声で呟いた「たぶん」という言葉はココナに届かなかったようで安心した。

つーか友達ってなんだよ。体育の授業――あそこで祁答院の手を握《にぎ》っていれば、友達だったのかよ。

友達ってなんだよ。ゲームとか漫画《まんが》のなかでしか知らねえよ。どうしたら友達なの？　友達ってなにすんの？　カラオケ行ったり、昨日みたいにスタバ行くの？

わからねえ、と首を横に振り、思考をアルカディアに戻した。

さて、とくにＭＰ関連スキルが新しく習得可能になってりゃいいんだけど……。

藤間透

２シルバー80カッパー

▼――ステータス
ＳＰＬＶ２　60カッパー（ＵＰ）　ＭＰＬＶ１　30カッパー（Ｎｅｗ）
体力ＬＶ１　50カッパー
▼――自動回復
☆ＳＰ自動回復ＬＶ１　４シルバー（Ｎｅｗ）
▼――戦闘《せんとう》
戦闘ＬＶ１　30カッパー
▼――生産
○採取ＳＰ節約ＬＶ１　１シルバー（Ｎｅｗ）　調合ＬＶ１　30カッパー
▼――行動
歩行ＬＶ２　60カッパー（ＵＰ）　走行ＬＶ１　30カッパー
疾駆《しっく》ＬＶ１　30カッパー
▼――その他
冷静ＬＶ１　30カッパー　我慢《がまん》ＬＶ１　30カッパー

覚悟《かくご》LV1　50カッパー

【MPLV1】が生えた。これは嬉しい。マストバイだな。

「たしかこの『〇』がアンコモンスキルで『☆』がレアスキルだったよな。強そうだけど高いな……」

「ちょっと失礼するにゃ。……ほんとにゃ。もうレアが習得可能になってるにゃ」

ココナはあどけない表情に露骨《ろこつ》な驚きを乗せたまま俺の顔を見る。

「……もう？」

「もう、にゃ。レアスキルは効果が強力なぶん習得可能になるまで相当の鍛錬《たんれん》か酷使《こくし》が必要にゃ。おにーちゃんはこっちに来てまだ日が浅いにゃ。それなのに習得可能になってるってことは相当無理してるにゃ」

ココナに言わせれば【☆SP自動回復】が早くも習得可能ってことは、SPを酷使して休憩で回復し、またすぐに酷使して――というサイクルを普通より短時間で勢いよく行なっているということらしい。

――ぶっちゃけ心当たりがないわけではない。昨日は過労死して、今日だって死にかけた。リディアやアッシマーにもツッコまれた。たしかにSPの上下は激しいかもしれない。

「まあどっちにしろ金がなくて手が出ない。いまのところは【MPLV1】と【○採取SP節約】をくれ」

銀貨一枚と大銅貨三枚を渡《わた》す。これで残りは1シルバー50カッパー。

「毎度ありにゃん♪　ふにゃ？【SPLV2】はいいのかにゃ？　コボたろうはどうするにゃ？」

「今回は見送る。装備とか買ってやりたいしな。……さんきゅ、また来るわ」

「ありがとにゃー♪」

カランカランとスキルブックショップを後にしてコボたろうを振り返る。

「次は防具屋に行くぞ」

「がうっ！」

いまから砂浜でオルフェの砂の採取だ。コボたろうに靴《くつ》を買ってやんないとな。

防具屋でコボたろうの装備を購入《こうにゅう》した。コモンシャツ30カッパー、コモンパンツ30カッパー、コモンブーツ40カッパー。

「俺とおそろいだな、コボたろう」

「がうっ♪」

コボたろう　(マイナーコボルト)
▼────装備
コボルトの槍《やり》　ATK1.00
コモンシャツ　DEF0.20　HP2　コモンパンツ　DEF0.10　HP2
コモンブーツ　DEF0.10　HP1

茶色の服に茶色のパンツ、そして茶色の靴。上下俺と一緒だ。
そしてもうひとつ、防具屋でコボたろうが俺にねだったものは――
《コボたろうが【器用LV1】をセット》
《コボたろうが『採取用手袋《てぶくろ》LV1』を装備》
いつもの砂浜。コボたろうと一緒にオルフェの砂採取だ。
「コボたろう、無理すんなよ。お前のペースでいいからな」

「が、がうっ」

どことなく緊張《きんちょう》した様子のコボたろう。失敗すると素材をロストするアッシマーの調合や錬金と違《ちが》い、採取に失敗しても、失うものなんて体力くらいだ。

そう伝えるが、コボたろうは緊張の面持《おもも》ちのまま砂に膝《ひざ》をつけ、採取を開始してしまった。

「がうっ！　……がうっ⁉」

一生懸命《いっしょうけんめい》白い光に手を伸《の》ばすコボたろう。勢い余って砂に掌底《しょうてい》をかましてしまい、砂塵《さじん》が舞《ま》う。

「が……がうっ⁉　……はうっ！」

動きは遅《おそ》くない。むしろ俺より速いかもしれない。

しかし、白い光が現れるたびに驚いて、一箇所《かしょ》にだけ意識を取られているような感じがする。……まあ、一生懸命しっぽを振りながら採取をする後ろ姿が可愛《かわい》いから、俺は満足である。

《採取結果》

9回
↓
9ポイント
判定↓X
獲得《かくとく》なし

「くぅーん……」

「まあ最初はそんなもんだ。慣れるまでは成功とか素材とか気にしなくていいから、白い光の動きを覚えることを優先したほうがいいぞ」

「がうっ」

最初だし、なによりもコボたろうは周囲を警戒《けいかい》しながらの採取だ。

そもそも得られる素材なんかよりもコボたろうと一緒に作業ができることがうれしい。

——さて、見てるだけじゃなくて俺も頑張《がんば》らねえとな。

《採取結果》

37回
採取ＬＶ３（＋１）↓×1.4
砂浜採取ＬＶ１↓×1.1
砂採取ＬＶ１↓×1.1
←
62ポイント

判定↓Ａ
オルフェの砂
オルフェの白い砂×２
オルフェのガラスを獲得

ダンベンジリのオッサンから貰《もら》った『☆ワンポイント』がマジでありがたい。

満足できるような採取内容じゃなかったが、結果には満足だ。

しかしよく考えたら、☆ワンポイントの力で【採取ＬＶ３】のＬＶを１上げるより、ＳＰと器用の両方が上昇《じょうしょう》する【技力ＬＶ１】を上昇させたほうがよかったのではなかろうか。

高いレベルのスキルを上げたほうがお得だろうと思ったが、採取補正の倍率を上げるより、そもそも白い光をタッチする回数を増やした方がいい気もしてきた。

【○採取ＳＰ節約ＬＶ１】というアンコモンスキルも習得したし、上昇させるスキルを変《へん》更《こう》できる十二時間後……明日はもうすこし考えてスキルを設定しよう。

《採取結果》

15回
↓
15ポイント

判定↓X
獲得なし

「がう……」

「落ち込まなくていいって。むしろ良くなってきてる。左上の端《はし》が光ったら高確率で右にスライドしながら五連続で光るから、そこがチャンスだぞ」

「がうっ！」

自分の採取を行ない、休憩がてらコボたろうを見てアドバイスをする。さすがにいつものようにハイペースで素材は集まらないが、いつもより疲れない。

《採取結果》
19回

←19ポイント

判定↓X
獲得なし

「うぉお惜《お》しい！」

「くぅーん……」

コボたろうは素直《すなお》に俺のアドバイスを聞き、じわじわと良くなってきていた。

「さっき教えた左上から右上の五連打あるだろ？　ちょっと難しいかもしれんけど、そのときだけでも両手で交互《こうご》に叩《たた》けるといいな……ほら、こうやって」

左手、右手、左手、右手――最後の右上だけは左手を伸ばせばロスになるから右手。

「ぐるぅ……」

コボたろうは俺と同じように跪《ひざまず》き、何もないところで両手を使う練習をはじめた。

「そうそうそんな感じだ。コボたろうは左端《ひだりはし》に白い光が現れたとき以外、基本的に右腕《みぎうで》しか使ってないだろ？　それじゃあもったいないんだ」

「がうっ！」

「よしっ」と気合を入れ、コボたろうは採取ポイントに跪いた。

《採取結果》

21回

21ポイント ←

判定↓E

オルフェの砂を獲得

「おーすげえ……！　やったなコボたろう」

「がうっ！」

マジックバッグにコボたろうの採取したオルフェの砂が入る。

不思議だな。そのことが……こんなにもうれしい。

人はそれを成長と呼ぶのだろうか。自分以外の誰《だれ》かを遠ざけ続けた俺がこんなふうに思うことを、心の成長だと。

でもそれは、孤独《こどく》を強さだと思いながら生きてきた、これまでの俺を否定することになるのではないか。

成長だけではなく、これまでの俺の一部を捨てて、捨てたぶんだけ新しい俺を迎え入れる行為《こうい》なんじゃないのか。

俺は、俺だけは、俺を否定しない。そうやって生きてきた俺は――

『友達になろう！』

『歩道側、譲《ゆず》ってもらうの初めて……。嬉《うれ》しい、な』

『でも、透だけは違ったな』

『ぐすっ、なんですぐ死んじゃうんですかぁ…………』

『がうがう！』

誰かに否定されないぶん、ついに自分を否定しはじめていた。

採取からの帰り道。日暮れ前のエシュメルデ中央広場で声をかけられた。

「あ、藤間くんだー」

「んあ……？」

マイペースそうな垂れ目、ふわっとした亜麻色《あまいろ》のショートヘア。女子としては少し高めの、俺と同じくらいの身長。緑のローブからは女性的な膨《ふく》らみと健康的な脚《あし》が覗《のぞ》いている。

――パリピ軍団の鈴原香菜《すずはらかな》だ。

「じゃあな」

「うんまたねー。……ってちょっと待ってよー。クラスメイトに会ってすぐ『じゃあな』はないよー」

ええ……。なんなのこれ。じゃあどうすりゃいいの？

急なパリピとの接触《せっしょく》にテンパる俺。鈴原はそんな俺の隣《となり》に目をやって、

「ねーねー、もしかして噂《うわさ》の召喚モンスター？」

「噂ってなんだよ……。まあそうだ」

「へー。なんかやっぱりモンスターのコボルトよりかわいいねー。名前はなんていうのー？」

「コボたろう」

「コボたろう？　あははー、かわいいねー」

かわいいのは名前のことなのか、コボたろうのことなのか。

両方だとでも言うように、鈴原は戸惑《とまど》うコボたろうのまわりを一周して存分に観察したあと、毛深い頭を撫ではじめた。

《コボたろうが【槍ＬＶ１】をセット》

「待て待ておちつけ。たぶんこいつは大丈夫《だいじょうぶ》だ。たぶん、おそらく」

「が、がう……」

《コボたろうが【防御《ぼうぎょ》ＬＶ１】をセット》

【槍】じゃなくなったのはいいが、警戒してるなぁコボたろう……。

すこし可哀想《かわいそう》になり、鈴原の撫でる手を断《た》ち切るように俺は口を開いた。

「えーと……。ひとりか？　珍《めずら》しいな」

会話を切り出すという慣れない努力が実を結び、鈴原はコボたろうから手を離してくれた。

「うんー。また言い合いが始まっちゃってさー。めんどくさくなって逃《に》げてきちゃったー」

「言い合い？」

「慎也《しんや》くんと直人《なおと》くんがねー。狩《か》りで手に入れたお金を生活費以外、ぜんぶ現実のお金に替《か》えちゃうんだよねー。スキルとか装備にもお金を使わなきゃいけないのにー」

鈴原の言う慎也くんがイケメンB、直人くんがイケメンCか。いや、直人くんがB？　慎也くんがC？　……俺、いまだにあいつらの苗字《みようじ》すら知らないわ。

「まあ六人もいりゃ、ひとりふたりそういうやつもいるんじゃねえの。クラスでも多いだろ？　両替《りようがえ》してるやつ」

むしろ俺は、自分とアッシマー以外はガンガン両替してるもんだと思ってた。昨日スタバで高木が『1シルバー両替して後悔《こうかい》した』って言うのを聞いて、意外だと思ったくらいだしな。

「でもさー、ウチら六人パーティじゃない。四人が必死なのにふたりがそんなのって……。実際、伶奈のＭＰもふたりの回復に結構使っちゃうし……藤間くん？」

わからない。鈴原がなにを悩《なや》んでいるのか、まったくわからない。

「いや……悩むところじゃないだろ。言い合うこともないよな」

「えー？　そう？　藤間くんならどうするのー？」

「どうするもこうするも、六人で組んでるからそんなことになるんだろ。四人で組めばいいじゃねえか」

鈴原は驚《おどろ》いたようにマイペースそうな眼を見開いて、やがて視線を落とした。

「それはできないかなー……いちおう友達だしー」

「友達ってそんな面倒くせえもんなのかよ……」

心の底からいやになる。いや友達なんてできた例《ためし》がないからわからないけど……。

友達ってそんなに面倒くさいの？

自分と相手の意見が合わないとき、必ずどっちかの意見に合わせないといけないとか、そもそも友達ならずっと同じパーティに入っていないといけないとか。

「よく知らんけど、意見が食《く》い違うこともあるだろ？　そういうときに友達だからって無理して合わせなくていいんじゃねえの。学校もそうだけど、将来働いたらいやってほど相手に合わせなきゃいけないだろ。いまから無理して相手に合わせてどうすんの？　予行練習？」

「えっとー……どういうことー？」

「いやホントに友達いねえし漫画の知識くらいしかないけど。友達だからできないじゃなくて、意見分かれがあっても価値観の違いを認めて、たとえ違う道に進んでもお互いを応援するのが友達なんじゃねえの。知らんけど」

漫画とかだと友達ってそういうもんなんだけどな。だからチョロっと喋《しゃべ》ったくらいで友達とか、連絡先《れんらくさき》知っただけとか、一緒にカラオケに行ったりタピっただけで友達とか意味がわからん。

鈴原は驚いたように目を開き、やがておっとりとした笑《え》みを浮《う》かべた。

「藤間くんって……なんか熱いねー」

「んなわけねえだろ……」

「でもやっぱ、ちょっぴり暗いね」

「うっせ」

「あはは っ」

茶色のふわっとしたショートヘアを揺らしたあと、またすこし困ったような顔になって、

「ウチも藤間くんみたいに言えればいいんだけどねー。やっぱり無理かなー。……怖いし」

「怖い？」

「だってそれってようするにー、やる気がないなら別行動しましょうってことでしょー？ そんなこと怖くて言えないよー。喧嘩《けんか》になっちゃうもんー」

どうしてそれくらいのことで喧嘩になるのか。

しかし、当然のように鈴原はそう言うのだ。もしかすると、陰《いん》キャでぼっちの俺にはわからず、陽キャでパリピの鈴原や他多数にはわかることとなのだろうか。

俺にわかることはひとつ。

友達ってものが鈴原の言うようなものであるのなら、やっぱり友達なんて要《い》らないし、なにより俺が友達をつくる資格なんてなさそうだ。

◆　◆　◆

《調合結果》

薬草
オルフェのビン

調合成功率　58％
アトリエ・ド・リュミエール↓×1.1
調合LV3↓×1.3
幸運LV1↓×1.05

←調合成功率　87％
←薬湯を獲得

「終わりですっ。リディアさん、お待たせしましたぁ」

「三〇本たしかに。透、7シルバー20カッパー」

「毎度あり。アッシマーもお疲《つか》れさん」

俺が言い終わるのを待たず、アッシマーはへろへろと自分のベッドに腰掛《こしか》けた。

「藤間くんがいるのにこんなこと言っては失礼ですけど、はぅぅ……疲れましたぁー」

「透がはりきりすぎ。むちゃしてはだめ。アッシマーにもむちゃをさせてはだめ」

「悪かったって……」

そう言って俺《おれ》が頭を掻《か》くのにはもちろん理由があって、ようするに、俺がはりきって素材をガンガン集めると、当然そのぶんアッシマーの調合・錬金《れんきん》・加工の作業も増えるわけで。

アッシマーの作業にはＳＰとＭＰの両方を要する。これまでは休み休みやってきたが、俺が持ち帰る素材の量が増えてくると、休憩《きゅうけい》しながらでは作業が追いつかない。アッシマーは無理しながら作業を続けてヘロヘロになり、リディアに叱《しか》られ、ついでに俺も怒《おこ》られた。

「なあアッシマー。素材は袋《ふくろ》の中に入れときゃいいだろ？　べつに無理して一気にやらんでも……」

「だめですよぅ……それじゃあわたしが足手まといになっちゃうじゃないですかぁ……」

「なんねえよ。無理して死なれるほうがよっぽど迷惑《めいわく》だ」

「藤間くんよくそのセリフ言えましたね。ブーメラン、刺《さ》さってますよぅ……？」

「うっせ」

アッシマーの顔には疲弊《ひへい》の色が浮かんでいる。……が、薄《うす》く笑う余裕《よゆう》はあるようで安心した。

「透、オルフェのビンは買ったらどう。透とアッシマー両方の負担がへる」

「だ、だめですよぅ！　それじゃあわたしの錬金と加工の経験値が伸びなくなっちゃいますよぅ！」

がばりとベッドから立ち上がるアッシマー。いや休んでろよ。

「俺も砂の採取はしたい。コボたろうもオルフェの砂なら採取ができるようになったしな」

まだまだ失敗することは多いが、オルフェの砂の採取を安定させてD判定が見えてくれば、コボたろうもエペ草の採取が可能になるかもしれない。だからいましばらくは砂の採取をさせて、採取に慣れさせてやりたい。

「コボたろうは、採取ができるの」

リディアはアイスブルーのぬぼっとした三白眼を見開く。最近わかってきたが、これは相当驚いているときの表情だ。

「オルフェの砂なら三回に一回は成功するぞ」

「うそ」

「嘘《うそ》ついてどうすんだよ……」

リディアに悪意がないことはわかっているが、コボたろうを疑われたようでつい顔をしかめてしまった。

「だって」

リディアの驚きはもっともらしく、召喚《しょうかん》モンスターを採取に使おうとする召喚士なんていないらしい。

というのも、そもそも召喚をメインスキルに据《す》える人間が少なく、召喚とは魔法使《まほうつか》いが他の魔《ま》法《ほう》のついでのように習得し、詠唱《えいしょう》中の〝壁《かべ》〟に利用するケースがほとんどだということだ。

そうなると強力な攻撃魔法《こうげきまほう》と召喚モンスターという壁の後ろからモンスターを安全に狩れるようになり、採取で生計を立てる必要などなくなってくる。召喚モンスターを採取に使おうなどとまったく思わないのも納得《なっとく》だ。

「召喚モンスターが採取できるなんてしらなかった」

だから、リディアがそう思うのも無理はない。

「いや俺だって知らなかった。コボたろうが防具屋で採取用手袋をねだってきたから、へえ採取ができるのか、ってはじめて知ったしな」

「コボたろうが、ねだった。本当にふしぎ」

コボたろうの人間らしさに驚くリディア。

……なんだか誇《ほこ》らしい。俺はコボたろうを召喚してリディアに見せつけてやりたくなったが、ＭＰが全回復するまでもうすこしの辛抱《しんぼう》だ。

気づけばアッシマーがベッドの上ですぅすぅと寝《ね》息《いき》をたてていた。リディアはアッシマーにそっと布団《ふとん》をかけてやって、

「透」

「ん？」

「アッシマーからきいた。あさってで契約《けいやく》がきれるって」

「ああ……」

現実での月曜日、アルカディアの昼に交《か》わした、アッシマーとの〝一週間だけ雇《やと》ってやる〟という契約。厳密に言えば、契約が切れるのは正確には明明後日《しあさって》の昼だが……。

「アッシマーはずっと気にしてる。透がどうするのか」

「ん……」

気にしている。

それはどっちの意味だろうか。

『藤間くん、契約更新《けいやくこうしん》してくれますかね……？　どきどき』

なのか。

『契約更新するつもりですかね？　どうやって断りましょうか……』

……なのか。

二つ目の想像で理不尽《りふじん》な心の傷を負いながら、その幻影《げんえい》を打ち払《はら》う。

「アッシマー次第《しだい》だろ。俺に利用価値があると思えば残ればいいし、ひとりでも生きていけるって思うなら別のところに行きゃいい」

「透はそれでいいの」

「……………………………………………………………それしかねえだろ」

「そう」

リディアはきっと、アッシマーの心の裡《うち》を知っているのだろう。

孤高《ここう》は気高さ。孤独は強さ。「透はそれでいいの？」とリディアに訊《き》かれ、どうにか答えるまでの沈黙《ちんもく》の長さは、そうやって己《おのれ》を奮わせて生きてきた俺の弱さだ。

人は楽なほうへ流れてゆく。強くなるために背伸《せの》びした踵《かかと》を隙《すき》あらば下ろそうとする。

そのことはべつにいい。筋肉にだって休憩は必要だ。

しかし俺が抱《かか》える問題は、その休憩が、陽だまりが……俺にとってあまりにも優《やさ》しすぎることだ。

ずっとここにいたいと思ってしまう。ずっとここにいてほしいと願ってしまう。

それはもう休憩でなく、ふくらはぎの筋肉を贅肉《ぜいにく》へと変えてゆく行為。

なにもない俺がいま、孤独は強さだという薄っぺらな矜持《きょうじ》しか持たない俺がいま、蕩《とろ》けそうなほど甘《あま》やかな日常を願い、そのために一生懸命《いっしょうけんめい》踵を上げている。

……笑えない。

4　そのひとことが言えなくて何が悪い

一夜明けて、アルカディアの朝がやってきた。

……現実？　ああ、最高の一日だった。土曜日だから授業がなくて、部活動にも入っていない俺はスティックパン（いちごミルク）を一日かけてはむはむしながら、昨日購入したモン○ンをずーーーーっとやってた。下位をクリアしていまから上位ってところで力尽《ちからつ》きた。最高の休日じゃねえか。

「藤間くん藤間くんっ、わたし思ったんですけどっ」

「んあー……お前相変わらず朝から元気な」

土日くらいゆっくり寝《ね》ていたいもんだが、たぶんアルカディアには土日なんて関係ない。自分で決めた日が休日なのだ。

「やっぱり採取、わたしも行っていいですかっ」

「なんでだよ。素材はたくさんあるだろ……ってあれ？」

昨晩は八○単位あったはずのオルフェの砂がきれいさっぱりなくなっている。あれ、俺が朝の採取に行っているあいだに錬金と加工をしてもらおうと思ってたんだが。

「藤間くんが寝ているあいだに終わらせちゃいましたよ？　……ほら」

アッシマーが自分のベッド脇《わき》にあるストレージボックスを開き、ずらりと並んだオルフェのビンを見せつけてくる。

「マジかよ。お前いつも何時に起きてんの？」

「だいたい四時半ですかね？　今日は四時過ぎでしたけど」

「午前四時半って夜じゃねえか。お前いつ寝てんの？」

「藤間くんらしい台詞《せりふ》ですねぇ……。四時は明け方ですよぅ？」

つまり俺が起きる七時までに錬金も加工も休憩も終わらせてしまい、さらには朝飯の調《ちょう》達《たつ》とシャワーまでこなしてしまうということだ。

「眠《ねむ》くなんねえの？」

「疲れたり眠かったりしたら昨日みたいに仮眠《かみん》をとらせていただきますから平気ですっ。というわけで行きましょう！」

アッシマーがやる気満々だ。昨日の朝もそうだったが今日はなおのこと満々だ。

ぶっちゃけアッシマーが採取をしてしまうと採取しかできない俺の立場がなくなるんだが、そんな女々《めめ》しすぎる心境を吐露《とろ》するわけにもいかず、かといって断れるだけの材料も持たない俺は、ただ頷《うなず》くしかなかった。

ココナの店でオルフェの白い砂を一袋売り、2シルバーと革袋《かわぶくろ》を手に入れる。その金で俺に新しく生えた【召喚時間LV1】を50カッパーで、アッシマーのスキルブック【HP LV1】【SPLV1】【MPLV1】【防御LV1】、そして新しく生えた【開錠《かいじょう》LV1】を1シルバー50カッパーで購入した。

【召喚時間LV1】というのは召喚モンスターの活動時間を10%延長し、【開錠LV1】はモンスターの木箱開錠率を10%上昇させるスキルだ。

せっかくコボたろうが頑張っても箱が開けられなかったら喜びも半減だ。

藤間透　☆転生数0
LV　1／5　EXP　1／7
▼
HP　10／10（防具HP5）　SP　11／11　MP　11／11
▼――ユニークスキル
オリュンポス　LV1

召喚《しょうかん》魔法《まほう》に大きな適性を得《え》る。

▼――パッシブスキル

――LV3――

採取

――LV2――

器用

――LV1――

○採取SP節約（＋1）、SP、MP、技力、召喚、召喚時間、逃走《とうそう》、歩行、運搬《うんぱん》、

草原採取、砂浜《すなはま》採取、砂採取

▼――装備

コモンステッキ　ATK1.00

コモンシャツ　DEF0.20　HP2　コモンパンツ　DEF0.10　HP2

コモンブーツ　DEF0.10　HP1

☆ワンポイント　採取用手袋《てぶくろ》LV1

――――――――

足柄山沁子　☆転生数0

LV　1／5　EXP　1／7

▼――――

HP　7／7（防具HP5）　SP　16／16　MP　8／8

▼――――ユニークスキル

アトリエ・ド・リュミエール　LV1

全ての非戦闘《せんとう》スキルに適性を得る。

アイテムの使用に大きな適性を得る。

モンスターからの報酬《ほうしゅう》が増加する。

▼――――パッシブスキル

――LV3――

調合、錬金、加工

――LV1――

○幸運、SP、器用、逃走、歩行、採取、開錠

▼――――装備

コモンシャツ　DEF0.20　HP2　ボロギレ（上）

コモンパンツ　DEF0.10　HP2　コモンブーツ　DEF0.10　HP1

採取用手袋ＬＶ１

コボたろうは変化無し。【警戒ＬＶ１】を購入《こうにゅう》しようか迷ったが、移動時は【歩行ＬＶ１】、採取中は【器用ＬＶ１】、戦闘時は【槍《やり》ＬＶ１】か【防御ＬＶ１】をセットするだろうから見送った。

ステータスを確認《かくにん》後、三人揃《そろ》って東門からいつもの採取場――砂浜へ。

しかし遠目に見える砂浜はなにやら様子がおかしい。近づいてゆくと――

「げ……帰ろうぜ……」

なんか滅茶苦茶《めちゃくちゃ》混んでる。

いつもは人が多くても十人程度なのに、今日は百人以上いる。しかも俺たちのようなコモンシャツやボロギレ連中ではなく、銅や銀の装備に身を包み、大剣《たいけん》や斧《おの》を背負った強そうな冒険者《ぼうけんしゃ》風の人間ばかりだ。

「やあ」

そのなかに知った顔があって、それが祁答院悠真だと気づいたときにはもう声をかけられていた。

祁答院がいやなやつじゃないってことはもうわかってる。そう思うことすら失礼なくらい、いいやつだってこともわかってる。

だから、ずっと酷《ひど》いことを言ってきたという引け目があるし、それを呑《の》み込《こ》んだとしても、祁答院の後ろにはイケメンBとイケメンCが控《ひか》えてるんじゃねえかと探《さぐ》ってしまう。

「お、おう。……なんだこの人混み」

祁答院の後ろに灯里、高木、鈴原しかいないことに胸を撫《な》で下ろしてそう問えば、祁答院は嬉しそうに答える。

「今朝ギルドで新しいダンジョンが三つも出現したと聞いてね。俺たちにも手伝えることがないかとここに来てみたんだけど……どうやら『コラプス』じゃないみたいだから、俺たちの出る幕じゃないみたいだね」

「コラ……？　つーかもしかして、この砂浜にダンジョンができちまったのか？」

「そうみたいだよ」

「マジかよ……」

なんでもモンスターの瘴気が集まるとダンジョンが生み出されるらしい。おっかしいなあ。草原なんかよりまだ砂浜のほうがモンスターが少なくて安全だったのに。

つーかこいつすげえよな。

『ダンジョンができたから手伝えることがないか』？　……マジですげえわ。俺なんて誰かさっさと攻略《こうりやく》してくんないかなー、なんて思ってるからね。

　ちなみにダンジョンはボスを倒《たお》すか一番奥《おく》にある『ダンジョンオーブ』を破壊《はかい》すれば消滅《しょうめつ》するらしいんだが、消滅時には大量のアイテムをドロップするらしく、それを狙《ねら》った冒険者たちがこうして集まっているそうだ。

「じゃあ俺たちも行くぞっ！」

「準備はいいかっ！　俺たちも突入《とつにゅう》する！」

　一五人～二〇人くらいのパーティが砂浜の中央にできた〝下り階段〟へ消えてゆく。二パーティ、三パーティと突入していくと、みるみるうちに砂浜が空《す》いてゆく。

　ラッキー。採取ができそうだな、とアッシマーとコボたろうを振《ふ》り返ると、

「……なにしてんだお前ら」

　コボたろうが灯里と高木と鈴原に愛《め》でられていた。

　コボたろうは顔を赤くして俺に救いを求める目を向けていて、その隣にいるアッシマーも囲まれるだけで頬《ほお》を朱《しゅ》に染め、汗《あせ》を飛ばしていた。

「コボたろう採取できんの？　すげーじゃん！　あれ？　香菜よりうまくね？」

「やめてよ亜沙美ー。ウチだって本気だせばー」

強そうな冒険者はみな雲散霧消《うんさんむしょう》、ダンジョンへ突入した。

茶色の装備に身を包んだ弱そうな人間数名だけが残り、彼《かれ》らは皆《みな》安心した顔で採取を開始した。

「なのになんでお前らは残ってんだよ……」

「ははは、俺たちが行っても足手まといだからね」

こいつは茶色の装備に身を包んでいるくせに、なんだか強そうなんだよなぁ。わかった。装備――レザーシリーズだからか。ついでにエクスカリバーみたいな聖なるオーラを纏《まと》ってるわ。やだ俺みたいなやつ、こいつの二〇ラムでかき消されるんじゃね？　やかましいわ。

「ふふっ、コボたろうかわいいね」

灯里が俺の隣にやってきて、採取に勤《いそ》しむコボたろうを見てはにかむ。

「なんにでも一生懸命《いっしょうけんめい》なんだよ。マジでかわいい」

俺はすでにコボたろうにベタ惚《ぼ》れだ。最初から惚れてはいたが、空いた時間にゴミを集める姿を見てさらに惚れ直した。

「ふ、藤間くんは……一生懸命頑張《がんば》る女の子、好き？」

「……あ？　そりゃあテキトーにやってるやつより頑張ってる姿のほうがいいだろ」

「わ、私も採取、頑張るね！」
灯里は急にわたわたと空いた採取スポットに跪いて採取を開始した。ねえなんでいま女子に限定したの？　コボたろうの話だったよね？

《採取結果》

40回
採取ＬＶ3→×1.3
砂浜採取ＬＶ1→×1.1
砂採取ＬＶ1→×1.1
←
62ポイント

判定→Ａ
オルフェの砂×3

オルフェの白い砂
オルフェのガラスを獲得《かくとく》

「うわぁ……みんなから聞いてたけど、藤間くんホントにすごいんだねー」

俺の背にかかる鈴原の声。みんなから聞いてたってなんだよ。

「べつにすごかねえよ。お前らより一週間早く採取を始めたんだから、そのぶん慣れてて当然だ。なによりスキルも充実《じゅうじつ》してるしな」

「スキルかー。昨日行った猫《ねこ》さんのお店に【採取ＬＶ１】が置いてあったんだけど、こんなことなら30カッパーをケチってスルーしなきゃよかったよー」

とほほー、と項垂《うなだ》れる鈴原。

……あ、そういえば。

採取が終わったタイミングでコボたろうに話しかけ、一冊の本を受け取る。

「そういやこれ、昨日偶然《ぐうぜん》マイナーコボルトからドロップしたんだけど……よかったらどうだ？」

「え、うそ【採取ＬＶ１】のスキルブック……くれるの？」

これはココナの店で買い取ってもらえるか訊こうとして忘れていたものだ。

「持ってても売るだけだしな」

「神！」

差し出したスキルブックを受け取る鈴原。すげえ、俺、30カッパーのスキルブック一冊で神になっちゃったよ。なんかチェーンソーの一振《ひとふ》りでバラバラになっちゃいそうだな。

泥土《でいど》のようにこびりついた仄暗《ほのぐら》い心に、ようやく冗談《じょうだん》を嘯《うそぶ》くような風が吹《ふ》いた——そう思った刹那《せつな》、

《コボたろうが【槍ＬＶ１】をセット》

浦風《うらかぜ》はたちまち、すべてを劈《つんざ》くような暴風に変化した。

「モンスターだっ！」

俺は叫《さけ》ぶやいなや視線を周囲に巡《めぐ》らせる。祁答院たちは瞬時《しゅんじ》に採取を中断して立ち上がり、それとどちらが早いか、近くで採取をしていた作業者はあっという間に逃げてゆく。

——いた。

南方向から駆《か》け足《あし》で向かってくる影《かげ》が三つ。犬の頭、両手に槍——マイナーコボルトだ。

「亜沙美、香菜、伶奈！」

「あいよ」

「ほいほーい」

「炎《ほのお》の精霊《せいれい》よ、我《わ》が声に応えよ――」

祁答院の合図でふたりが洋弓《ようきゅう》を、灯里が両手に持った杖《つえ》を水平に構え、詠唱を開始した。

「コボたろう、頼《たの》むぞ」

「がうっ!」

「はわわわわ……あんなにいますよぅ、大丈夫なんですか……?」

俺はコボたろうに、祁答院と一緒《いっしょ》に掛《か》かるよう指示を出す。

コボたろうは威勢《いせい》よくそれに応える。アッシマーはあわあわしている。

大丈夫かだって? 俺にも全然わからねえ。

三人の遠距離《えんきょり》攻撃《こうげき》で敵が近づく前に一体でも倒すことができればなんとかなるかもしれねえ。

以前にすこし見た感じ、祁答院は一対一《タイマン》ならマイナーコボルトに負けない。

……なら。

「藤間くん、コボたろうはどうだい?」

どうだい? だと?

……ざけんなッ!!

「俺のコボたろうだって負けねえッ!!」

「わかった。頼《たよ》りにしてるよ」

俺の激高《げきこう》に対し、祁答院はふっと柔《やわ》らかく笑んでみせた。

「おらっ」

「えいっ！」

「我が力に於《お》いて顕現《けんげん》せよ。其《それ》は敵を穿《うが》つ火の一矢也《いっしなり》」

灯里の魔法発動に先んじて高木と鈴原の矢が飛んでゆき、そのどちらかが先頭にいたコボルトの胸に突《つ》き立った。犬顔のひとつは表情を苦悶《くもん》に歪《ゆが》ませるが、それでも三体揃って駆けてくる。

「ぐるるるぅ……」

「まだだぞコボたろう。突出《とっしゅつ》したら灯里の魔法の遮蔽《しゃへい》になるし、なにより囲まれちまう。行くなら祁答院と同時だ」

いまにも駆け出しそうなコボたろうを右手で制しながら、魔法の発動を待つ。

そして――

「いきますっ！　火矢《ファイアボルト》！」

木の杖を水平に構えた灯里の正面に現れた魔法陣《まほうじん》から、燃《も》え盛《さか》る炎が凄《すさ》まじい勢いで飛んでゆく。

「ギャアァァアアァァッ！」

それは胸に矢の刺さったコボルトを貫《つらぬ》いて焼き焦《こ》がし、緑の光を運んできた。

「よし、行くぞっ！」

「頼むぞコボたろう！」

「がうっ！」

残り二体。

祁答院とコボたろうが先陣《せんじん》を争うように横並びで駆け出した。

「グルアァァア！」

「うおぉぉああっ！」「ぐるぁあああっ！」

咆哮《ほうこう》、そして接触《せっしょく》。

ふたつの火花が散った。

繰《く》り出される槍。盾《たて》で防いで振るう片手剣《けん》。

交差する槍と槍。鋭《するど》く尖《とが》った穂《ほ》、太刀《たち》打《う》ちが何度もぶつかり合ってガツガツと乱暴な音をたてている。

頑張れ……！　頑張れコボたろう……！

応援《おうえん》することしかできない俺の隣《となり》にいつの間にか並んでいたアッシマーが、両手を組んで俺と同じように祈《いの》っていた。

援護《えんご》をするつもりなのだろうか、俺たちの両脇《りょうわき》を高木と鈴原が駆け抜《ぬ》ける。

「ギャアゥ！」

《コボたろうが【防御《ぼうぎょ》ＬＶ１】をセット》

「ぐ、ぐるぅっ……！」

避《さ》けられないと思ったのか、コボたろうがスキルを切り替《か》えて胸に槍を受ける。

「こ、コボたろうっ！」

思わず足が前に出た。俺にできることなんてなにもないだろうに。

《コボたろうが【槍ＬＶ１】をセット》

「ぐるぁぉあっ！」

「ギャアアアアッ！」

高木と鈴原の援護《えんご》射撃《しゃげき》も、ましてや俺なんかの助けなど必要ともせず、コボたろうの槍はマイナーコボルトの胸を貫いて、

「がうっ！」

「グ……グ……！」

相手の腹を蹴《け》って無理やり穂先《ほさき》を引き抜くと、

「ぎゃぁああうっ！」

よろめくコボルトの喉《のど》に槍を突き刺して、今度こそ緑の光を呼び込んだ。

「うおおぉぉおおっ！」

「ギャアァアアァッ！」

祁答院も身を翻《ひるがえ》しながら槍をかわして一閃《いっせん》、見事にコボルトの首を裂《さ》いて討《う》ち取った。

最後の緑の光が現れると、

《戦闘終了《せんとうしゅうりょう》》

《1経験値を獲得》

そんなウィンドウが戦闘の終わりを告げた。

「ふぇ……ふぇぇ……よかったですぅ……」

その場にぺたんと座《すわ》り込むアッシマー。俺もその場に尻《しり》もちをついて、

「くぁぁ……よかった……！　マジで怖《こわ》かった……！」

俺、カッコわる。命懸《いのちが》けで闘《たたか》った祁答院はホッと息をついただけで背中に剣と盾を仕舞《しま》っているというのに、俺はコボたろうが死ぬんじゃないかとヒヤヒヤしてこの有り様だ。

「藤間くん、足柄山さん、大丈夫《だいじょうぶ》？」

「あー。安心したら腰抜《こしぬ》けたわ。それよりコボたろうを……」

「はわわわわ……灯里さんかっこよかったですぅ……すごかったですぅ……」

灯里は俺たちに笑顔《えがお》を向けてアッシマーを引っ張りあげて起こしてやると、すこし逡《しゅん》巡《じゅん》するように視線を俺に向けてから、柔らかそうな白く細い手を俺にも差し伸《の》べる。

「え、あ、いや、お、俺はまだいい。立てそうにねぇ」

「あ、うん、ご、ごめんね？　気にしないでね？」

なにこの空気。すっげえどもっちゃったんだけど。灯里も変な空気に気づいたのか、祁答院たちのもとへと駆けていった。

その隣には思ったより傷が浅かったのか、平気そうなコボたろうがいて、

「すげーじゃんコボたろう！　かっけー！」

「本当に強いんだねー。援護がいらなくてびっくりしちゃったよー」

「ははっ、ありがとうコボたろう、助かったよ」

高木と鈴原にめちゃくちゃ撫で回され、肩《かた》には祁答院の手が乗せられた。

そしてやはり朱《あか》い顔で、俺に救いを求める目を向けるのだった。

砂浜に三つの木箱。祁答院たちとコボたろうの汗の結晶《けっしょう》だ。

「お楽しみタイムだねー♪」

鈴原がうきうきと木箱に近づいて、しかし「あれー？」と首を傾《かし》げた。

ようやく足腰《あしこし》が正常に戻《もど》った俺も近寄って確認すると、

《木箱開錠》
マイナーコボルト
──開錠可能者↓開錠成功率──
足柄山沁子↓91％
鈴原香菜↓88％
祁答院悠真↓48％

「香菜どーしたん？　って、アッシマーあんた、箱開けれんの？」

「は、はいぃ……」

みっつの箱すべてこの表示だった。

「あれ……俺らの箱ってコボたろうの倒したこのひとつだけじゃないのか？」

「なにを言ってるんだい藤間くん。六人とコボたろうのパーティで三体のモンスターを倒したんじゃないか」

「そういう判断になるのか……」

マイナーコボルトが持つ経験値は2らしく、前回はそれを俺とアッシマーで1ずつ分配したが、今回は三体のマイナーコボルト——合計6の経験値を六人で分配し、ひとりあたり1経験値になった……そういうことらしい。

ちなみに今度こそコボたろうの経験値が『1／3』になっていて、ほっと息をついた。

「ウチが言ってるのはそうじゃなくてー。足柄山さんの開錠率が高くってびっくりしたのー。足柄山さん、箱ふたつ任せていいー？」

「は、はいですっ……！　なんならわたくしめが全部やりますですっ……！」

未《いま》だ恐怖《きょうふ》が残っているのか、ただ緊張《きんちょう》しているだけなのか、アッシマーの喋《しゃべ》りかたがおかしい。

《開錠結果》

開錠成功率　72％
アトリエ・ド・リュミエールLV1→×1.1
開錠LV1→×1.1
幸運LV1→×1.05
↓
開錠成功率　91％
↓
成功

アトリエ・ド・リュミエールLV1→×2.0
幸運LV1→×1.1
↓
66カッパー
コボルトの槍
【☆アイテムボックスLV1】を獲得

「はわわわわ……！　レア！　なんかレアがでちゃいましたぁ……！」

開錠者ではない俺《おれ》の目からも見える報酬ウィンドウ。

うっお、アイテムボックスってあれじゃねーの？　リディアとかダンベンジリのオッサンが使ってる、なにもないところからアイテムを取り出したりするやつだろ？

「あ、あれー？　ねーねー、この【アトリエ・ド・リュミエール】ってなにー？　中身がいつもの倍くらいあるんだけどー」

鈴原は鈴原ではわはわしている。灯里がもしかして、と首を捻《ひね》って、

「足柄山さんのスキルってこと……かな？」

「は、はいですぅ……」

「マジで？　アッシマーすごくね？　うっわこっちのにもめっちゃ入ってんじゃん」

高木の言う通り、アッシマーの開けたもうひとつの箱には66カッパー、コボルトの槍、【○幸運LV1】、コモンメイス、コモンシールドと大量に入っている。この箱マジで大量だな。

《報酬合計》

１シルバー98カッパー、コボルトの槍×３

【☆アイテムボックスＬＶ１】、【○幸運ＬＶ１】、【技力ＬＶ１】、【遠泳ＬＶ１】

コモンメイス　ＡＴＫ1.00

コモンシールド　ＤＥＦ0.30

アイテム量を見て、祁答院も灯里も整った顔を驚《おどろ》きに染めている。

「たった三体のコボルトからこれか……」

「あはは……いつもはお金のほかにアイテムがひとつあるかないかだもんね」

木箱から出たアイテムが汚《よご》れないよう、砂の上に敷《し》かれた白く大きな紙の上に次々と載《の》せられてゆく。

そんなこいつらの反応を見る限り、アッシマーのスキル【アトリエ・ド・リュミエール】で増えるのは、やはり金だけではなくアイテムもらしい。

「ねーねー【○幸運ＬＶ１】って光ってる人いる？　足柄山さんはもう持ってるんだよね

ー？」

鈴原の言う光っている、いないについて説明すると。

スキルが習得可能な場合、スキルブックは白く光る。習得不可能な場合は薄暗《うすぐら》い影がさし、習得済みのスキルブックには《習得済み》とウィンドウが律儀《りちぎ》に表示されるのだ。

鈴原の言う【○幸運ＬＶ１】は薄《うす》くかげっているから俺は習得不可能だ。【技術ＬＶ１】は《習得済み》表示。【遠泳ＬＶ１】は白く光ってるけど要《い》らない。使うシチュエーションが想像できない。

もうひとつ淡《あわ》く光るスキルブック。

【☆アイテムボックスＬＶ１】。

ほしい。

【運搬ＬＶ１】スキルで気持ち楽になったし、時間さえ忘れなければコボたろうも荷物を持ってくれる。

それでも、オルフェの砂の入った袋《ふくろ》は重くてキツかった。

いやだってアイテムボックスだよ？　異世界ファンタジーの王道じゃねえか。

「やったー！　じゃあウチ【○幸運ＬＶ１】もらうねー？」

「ねー、この【技力ＬＶ１】ってやつどーなん？　読める人いる？　はーい。……もしかしてこれあたし貰《もら》っていい系のやつ？　ラッキー！」

「私、コボルトの槍をもらっていい……かな？」

「俺も槍をいいかい？　【遠泳ＬＶ１】はさすがに要らないな……」

それぞれがそれぞれに、敷かれた紙の上から欲《ほ》しいものを手に取ってゆく。なんつーざっくりとした分配方法だよ。……でもこういうのって、どうやって分ければ公平なんだろうな。

「藤間とアッシマーも選びなよ。つっても結構減っちゃったけど……。もしかして【技力ＬＶ１】狙ってた？　大丈夫、まだ読んでないからジャンケンしよ」

「あ、いや、それ以前にもらっていいのか？」

「わたしもですぅ……。経験値だけ吸っちゃいました……」

「いいに決まってるじゃん。コボたろうは藤間の召喚《しょうかん》モンスターなんでしょ？　それにアッシマーがいなかったらこんな大量にアイテムも出なかったんだし」

「亜沙美ちゃんの言う通りだよ。変に遠慮《えんりょ》しないでね？」

「足柄山さんもー。開錠って結構ＳＰ使うでしょー？　ふたつも開けてくれたんだから気にしないでー？」

やっぱりこいつらはあれだ。一時期口が悪かったりしたが、ぶっちゃけそれは俺のせいでもあって、根っこは良いやつなんだよなあ……。

遠慮がちに手を伸ばす。

「そ、その。……【☆アイテムボックスLV1】って読めるやついるか?」

いちばん良いもの――唯一《ゆいいつ》のレアを欲しがることに抵抗《ていこう》はあったが、ここまで残っているってことは誰《だれ》も読めないってことだろう。

しかし、おずおずと挙がる手。

「よ、読めますっ」

「お前かアッシマー」

こいつも遠慮してたパターンか。

「まあべつにお前ならどっちが持ってたってあんまり変わんないしな。俺はこの先のためにコボルトの槍でも……」

「ちょっと待ってください! もしかして藤間くんも読めるんですか?」

「まあ読めるけど」

「それなら藤間くんが使ってくださいよぅ……。いっつも重い荷物持ってるんですから」

「あー……たしかに俺が習得したほうが効率いいな。んじゃ貰うわ」

「はいっ。わたしはこのコモンメイスとコモンシールドを頂いてよろしいでしょうかっ」

そういやアッシマーって武器持ってなかったよな。

俺のコモンステッキみたいに最初から持ってる武器ってなかったのか？

「もちろん構わないよ。じつは、コボルトの槍が何本あっても足りなくてね。俺たちはこっちのほうがありがたいよ。香菜、俺たちよりも一～二本少ないはずだろ？　どうだい？」

「えっいいの？　やったー！　ありがとうみんなー」

……そういやコボルトの槍って、レベルアップに必要だって以前祁答院が言ってたな。

俺たちもそのうち集めないとな……。


祁答院たちと別れ、ふたたびとまり木の翡翠亭《ひすいてい》。

「よっ……と。ふー」

「ぐるぅ……」

「んしょ……っと……」

三人がかりでなんとか運んだ荷物をようやく下ろして一息。役目を終えたコボたろうは俺たちにひと声かけたあと、白い光を放って消えていった。

オルフェの砂が一四〇。オルフェの白い砂が一五。

そして――

《アイテムボックス》
容量　10／10　重量　10／10　距離《きょり》　1
コモンステッキ
オルフェのガラス×9

「えーと……〝オルフェのガラスをこの作業台の上にそーっと置く〟」

オルフェのガラスは俺が指示したとおり、台上にそーっと置かれた。

割れないように一枚ずつそっと取り出してゆく。コモンステッキで試《ため》したんだが、こうやって丁寧《ていねい》に取り出していかないと、かなり雑な感じで目の前に現れて落下してしまう。

ガラスが落ちて割れたら大惨事だ。

じつのところ、すこし残念だった。

アイテムボックスがあれば無双《むそう》できるんじゃね？　と思ったんだが、そうはうまくいかなかったからだ。

まず俺はアイテムボックスが無限の容量を持っていると思っていた。しかし見ての通り容量10、重量10と決められている。

次いで革袋《かわぶくろ》が収納できない点。いや厳密にはできるんだけど、中にものが入っていると、内容物も容量と重量に含《ふく》まれてしまう。

だから、たとえば〝オルフェの砂が三〇単位入った革袋〟をアイテムボックスに収納しようとすると、

《アイテムボックス》
容量　10／10　重量　10／10　距離　1

革袋
オルフェの砂×9

アイテムボックスはこうなり、入りきらなかった残りのオルフェの砂二一単位はすべて地面にざーっと流れ落ちるのだ。

さらにいえば、この〝距離1〟が、俺の期待していたアイテムボックスの多面性をことごとく潰《つぶ》している。なんせ手で触《ふ》れたものしか収納できないし、手のひらをかざしたごく近い距離にしかものを取り出すことができない。

だから例えば〝敵コボルトの頭上10メートルからアイテムボックス内の岩を落とす〟といった具合に攻撃《こうげき》に利用することはできないし、ものを貫通《かんつう》する能力もないから〝触れた敵コボルトの体内にコボルトの槍を出現させる〟というグロすぎてあまりしたくない攻撃方法もできない。

ようするにこの世界のアイテムボックスは、容量や重量の制約があり、ズルい使いかたはできないってことだ。

とくに容量制限が残念だが、しょうがない。コモンステッキを手に持たなくてもよくなったし、持ち運びに気を遣《つか》うオルフェのガラスや、ホモモ草といった副産物を分けて仕舞っておけるだけありがたい。

アイテムボックスに関してはそう思うことにして、リディアに癖《くせ》をつけろと言われた、帰還《きかん》後ステータスの確認《かくにん》だ。

俺の予想はＳＰ５のＭＰ８。――どうだ？

藤間透　☆転生数0
LV　1／5　EXP　2／7
▼
HP　10／10（防具HP5）　SP　8／12　MP　6／11

全然違《ちが》うじゃねえか。

「あーそうか。【○採取ＳＰ節約ＬＶ１（＋１）】のおかげか」

節約スキルとダンベンジリのおっさんから貰った☆ワンポイントのおかげで、ＳＰが思ったよりも減っていない。でもなんでＭＰはこんなに減ってるんだ……？

首を傾げる俺の背に、アッシマーの声がかけられる。

「アイテムボックスを使ったからではないですか？」

「えっ、アイテムボックスって魔法《まほう》なのか？」

「違うんですか？　わたしからしましたら、どう見ても魔法でしたけど」

アイテムボックスって魔法なの？　しかしたしかにそう考えれば、このＭＰの減少も理解できる。……まあもっとも、俺がまだ自分の体調とステータスの因果関係をきっちりと掴《つか》めていないだけかもしれないが。

あとでリディアかココナに訊《き》いてみるか……。

俺はまず、自分のＳＰとＭＰを回復させなければならない。そのあとコボたろうを召喚し、さらに消費したＭＰの回復だ。

《錬金《れんきん》結果》

オルフェの砂×2

調合成功率　67%

アトリエ・ド・リュミエール↓×1.1

錬金ＬＶ3↓×1.3

幸運ＬＶ1↓×1.05
←　調合成功率　100％
←　オルフェのガラスを獲得

俺が休憩《きゅうけい》しているあいだ、アッシマーはステータスモノリスで自分のSPとMPの残量をこまめに確認しながら、次々と袋の中の砂をガラスへと変えてゆく。完成したガラスを十枚ずつひとまとめにして積んでゆく。

仕方のないことだと自分に何度も言い聞かせるが、俺がこうやってのんびりしているのにアッシマーが必死こいて頑張ってるのってやっぱり悪いよな……。

「な、なあアッシマー、なんか手伝うことないか？」

「ふぇ？　藤間くんもう全回復したんですか？　コボたろうは出さないんですか？」

アッシマーはきょとんとした顔をこちらに向ける。

そりゃそうだ。俺は自分の回復をいまかいまかと待ち続けているのに、アッシマーを手伝って回復が遅《おく》れれば本末転倒《ほんまってんとう》だ。

「あ、いや、なんでもねえ……」

「？」

まるで繋《つな》ぎ止《と》めるために伸ばした腕《うで》を下ろすように、しかし俺のつまらないプライドが口に出させた言葉は、虚空《こくう》すら掴めずに情けなくしぼんでゆく。

アッシマーはこの状態をどう思っているのだろうか。

自分以外の心の裡《うち》を推《お》し量《はか》ったことなんてない俺が、その解を導けるはずもなく、答えにたどりつけるわけもない。

――なあアッシマー。一週間経《た》ったら……明後日の昼になったら、どうするつもりなんだ？

そんなこと、訊けるわけがない。

拒絶《きょぜつ》の心理《こころ》と、台詞《ことば》が怖すぎて。

ならば言うべきなんだ。俺から。俺の口から。

――どこにも行かないで。

そのひとことが言えない。

拒否《きょひ》の表情《かお》と、声色《こえ》が怖すぎて。

なあ、アッシマー。怖い、怖いよ。

お前が俺を拒絶するんじゃないかって。

あれだけ優《やさ》しかったお前が、ほかのやつらと一緒な顔をして、俺を捨てるんじゃないかって。

そのひとことが、どうしても言えなくて。

「あんまり無理すんなよ。お前のペースでいいからな」

だからせめて、強がって。

情けなく、見苦しく、一五年ずっとほしかった言葉が、涙《なみだ》の代わりに口からそっと零《こぼ》れ落ちた。

◆

◆

◆

見晴らしのいい草原に、怒号《どごう》が鳴り響《ひび》いていた。

「うるぁぁああああっ！」

俺、藤間透の絶叫《ぜっきょう》である。

コモンステッキ——なにか骨のようなものでつくられたそれを掲《かか》げ、盛大《せいだい》に吼《ほ》える。

「かかってこいやあぁぁぁあああああ！」

…………。

「がうっっっっ！」

「ギャウッッッ！」

エペ草とライフハーブの採取中にやってきた一体のマイナーコボルト。

コボたろうが勇敢《ゆうかん》に立ち向かい死闘《しとう》を繰り広げている。

ザコの俺にもなにか手伝えることはないかと探し、思いついたのは挑発《ちょうはつ》による妨害《ぼうがい》だった。

敵の背後に回りこんで武器を構えて叫《さけ》ぶだけでじゅうぶんな効果があると踏《ふ》んだんだけど……

「ぐるあああっ！」

「ギャウゥゥッッ！」

ガツガツと穂先で絡《から》みあう槍《やり》。

……駄目《だめ》。全然構ってくれない。こっちを振《ふ》り返るどころか、きっと意識すらされていない。自分の喉を無意味に痛めるだけ。

いやわかってる。俺が超《ちょう》ビビってるから効果がないんだって。目の前で俺に堂々と背中を見せるコボルトがいざ振り返ったとき、いつでも逃《に》げられるように構えたへっぴり腰《ごし》だから、こっちを振り返りもしないんだって。

ならその杖で殴《なぐ》りかかれって？　くそっ……！　それができたら最初からやってるっつーの……！

「ぐぁうっ！」

「ギャアアアアッ！」

そんな俺の苦悩《くのう》などなにも斟酌《しんしゃく》せず、マイナーコボルトはコボたろうの鋭い突きを受け、緑の光とともに天へと昇《のぼ》っていった。

《戦闘終了》

《1経験値を獲得《かくとく》》

「はーっ……！　はーっ……！」

よ、よかった……！　俺はへなへなへな……とその場にへたり込《こ》む。

「ぐるぅ……」

「す、すまんコボたろう。なんか手伝ってやりたいんだが、なにもできなかった」

コボたろうは俺に手を差し伸べて引っ張り起こすと、横に首を振った。

「大丈夫なのか？　かなり攻撃されてただろ」

初戦と同じくらいの苦戦だったように見えたが、コボたろうの身体《からだ》に深い傷はない。

【オリュンポス】からコボたろうのステータスを確認する。

コボたろう（マイナーコボルト）

消費ＭＰ９　状態：召喚中　残召喚可能時間：16分

▼

ＨＰ　11／15（防具ＨＰ５）　ＳＰ　7／10　ＭＰ　2／2

「あれ、大丈夫そうだな」

「がうっ！」

コボたろうが自らの装備を順番に指差して「防具を買ってもらったおかげだよ！」とアピールしてくる。

そういやリディアが言ってたが、ＨＰの隣にある『防具ＨＰ』とかいうのは、その名前の通り、防具の持つＨＰの合計値らしい。

防具ってのは身につけると『マナ』の力で全体に見えないオーラのようなものが纏《まと》わりつき、全身に受ける敵の攻撃を肩代《かたが》わりしてくれるそうだ。

コボたろうの場合、その〝肩代わりしてくれるＨＰが５〟というわけだ。

ちなみにこの防具のＨＰは防具が壊《こわ》れない限り**《戦闘終了》**のメッセージと同時に全回復するらしい。だから生身のＨＰが１００で防具ＨＰが10よりも、生身のＨＰが10で防具ＨＰが１００のほうが回復にかける時間やアイテム、魔法等が必要ないぶん、この辺りでは有利らしい。

もっともある程度のダンジョンの中には防具ＨＰを無視して直接ＨＰにダメージを与《あた》えてくるモンスターもいるみたいだから、その限りではないって言ってたけど。

ともあれ、コボたろうが無事でよかった。アッシマーもほっとした表情で、すこし離《はな》れた場所から駆《か》け寄ってきた。

「だ、だめですよぅ藤間くん……。さっきみたいにモンスターに近づいたら危ないですよう……」

「わかっちゃいるんだけどな……」

わかってはいるんだ。俺にできることなんてなにもない、って。

それどころか、俺が死ねばコボたろうも消える。だから、俺は離れた場所からコボたろうの勝利を祈るしかないんだって。

「じゃあ箱開けますねっ」

「頼《たの》むわ」

信じて待つことが悪いと思わない。しかしコボたろうが生きるか死ぬかをしているときに、後ろでどっしりと構えていられるほど俺は豪胆《ごうたん》じゃないし、かといって戦闘《せんとう》の手助けになれるほどの力もない。

人間は強欲《ごうよく》だ。欲しいものを手に入れると、またすぐに次の新しいものが欲しくなる。

召喚という力を手にした俺が、今度はコボたろうを助けられる力を欲《ほっ》している。

《開錠結果《かいじょうけっか》》

開錠成功率　72％
アトリエ・ド・リュミエールLV1→×1.1
開錠LV1→×1.1
幸運LV1→×1.05
←
開錠成功率　91％
←
成功

アトリエ・ド・リュミエールLV1→×2.0
幸運LV1→×1.1
←
66カッパー
コボルトの槍
【火矢《ファイアボルト》スキル強化LV2】
【反復横跳《よこと》びLV1】を獲得

――――

しかしいま、いちばん欲しいものは――

「なんだよこの【反復横飛び】って。使いどころどこだよ。回避《かいひ》にでも使えってことかよ」

「えへへぇ……体力テストのときは有利になりそうですよねぇ……」

「がう？」

「あっコボたろう、体力テストっていうのはですねぇ――」

「がうがうっ！」

まったく馬鹿げてる。

――わたしは藤間くんを捨てませんよ。

たったひとことを口にできない俺が、そのひとことをいちばん欲しがるなんて。

「藤間くん？」

「なんでもねえ」

なにか、できることはねえのかよ。

アッシマーが離れないように？

アッシマーが離れても、俺が生きていけるように？

――俺から離れても、アッシマーが生きていけるように？

わからねえ。自分のことしか考えてこなかったやつが、いまさら他人のためになにができるっていうんだよ。

「それでですね、コボたろう」

「がうがう♪」

わかるのは――この景色を、このぬくもりを手放したくないという強い想《おも》いが、俺の胸を埋《う》め尽《つ》くしているということだけだった。

◆　◆　◆

明けてアルカディアの朝、とまり木の翡翠亭――

窓からは朝日が差し込んでいて、あさぼらけなんてとうに過ぎ去っているというのに、すこし肌寒《はださむ》く感じるのは、きっと――

「藤間くん藤間くんっ、さっそく行きましょう！」

「今日はさらにやる気マックスな……」

「調合も錬金も加工もぜーんぶ終わってますっ。ささささ、行きましょう！」

俺とコボたろうはアッシマーに背を押《お》されるようにして宿を出る。

「わたし、採取がんばりますからっ！　あと開錠も任せてくださいねっ！　あとあと……」

やる気満々なのはいつもなんだが、今日はやけに自己アピールをしてくる。

そんなことしなくても……お前がめちゃくちゃ頑張《がんば》ってることなんて、とっくに知ってるのに。

アッシマーの行動がなんのつもりかはわからないが、頑張らなきゃならないのは俺のほうだった。

――捨てないで。

どうか、棄《す》てないで――

――あいつらがしたみたいに。

ゴミのように――

――俺、もっと頑張るから。

わたし、もっとがんばりますから――

――だから、捨てないで。

だからどうか、棄てないで――

――でも、俺のせいでお前がつらいのなら。

でも、わたしのせいであなたがつらいのなら――

――俺は。

わたしは――

三章EX　星降る夜――Epilogue――これは、さよならじゃない

一日が終わらなければいいのに。

そういう日に限って、夜は早くやってくる。

「アッシマー」

「は、はいですっ……！」

今日一日、めちゃくちゃ頑張った。

俺《おれ》が頑張れば頑張るほどなぜかアッシマーも頑張るから、負けないように頑張った。人生で一番頑張った。『頑張った』がゲシュタルト崩壊《ほうかい》を起こしそうなくらい頑張った。

とまり木の翡翠亭――

普段《ふだん》ならば今日やるべきことをすべて終え、あとは寝《ね》るだけの時間。

でも今日は――これからだ。

「アッシマー」

「は、はいぃ……」

「一週間だな」

――俺を捨てないで。

いままで言えなかったその言葉を、呑《の》みこんでよかった――いま、そう思う。

やっと、気づいた。

今日一日ずっと考えて、考えて考えて考えて考えて、やっと、気がついた。

俺はストレージからずっしりとした小銭袋《こぜにぶくろ》を取り出し、その中身を作業台の上に並べてゆく。

「ここに20シルバーある。生活費を除いた、俺たちの稼《かせ》ぎだ」

「……はい。最近お買いものをしてなかったので、貯《た》めているのは知ってました」

そりゃそうだよな。バレるよな。

20シルバーの半分――10シルバーをアッシマーの前に置く。

「これは……？」

「お前の稼ぎぶんだ」

「………………」

アッシマーはそれを弱々しく見つめたまま手に取ろうとしない。やがて俺の意図を測ろうとしたのか、アッシマーの視線が銀色の煌《きら》めきから俺にうつろう。

金を貯めた理由。

俺もなんで貯めているんだろう、って自分を疑問に思っていた。さっさとスキルブックを購入《こうにゅう》したほうが効率よく稼げるに決まっているのに。

『捨てないで』じゃだめなんだ。

それは自らを貶《おとし》めて、アッシマーにマウントを取らせる行為《こうい》。

『金もないのに放り出す』でもだめなんだ。

それは金の優位というマウントを取ったまま、無一文では生きていけないアッシマーを無理矢理《むりやり》俺《おれ》の手元に縛《しば》り付けようとする行為。

俺がふくらはぎに力を入れ、思い切り踵《かかと》を上げてまで欲しかったものはなんだったのか。

恋《こい》でも愛でもない。

友達《ともだち》でもない。

男としてアッシマーが欲しいとかそういうことじゃない。

ましてやどっちが有利とか優位とか、マウントとか、そんな話じゃ決してなかったんだ。

どんな表情《かお》で、どんな声色《こえ》で、どんな心理《こころ》で、どんな台詞《ことば》で——アッシマーが俺を捨てるのか。

「アッシマー。契約《けいやく》を解除する。もう契約はなしだ」

「っ……！」

その恐怖《きょうふ》よりも。

『き、キモくない……です』

　あの背中《ゆうき》が。

『えへへぇ……いつか一緒《いっしょ》に食べたいですねぇ……。おでん』

　あの安穏《やすらぎ》が。

『ああああぁーーっ！　……てへっ☆　しっぱいしちゃいましたぁ……えへへぇ……』

　あの風景《けしき》が。

『ぐすっ……どうしていっつもすぐ死んじゃうんですかぁ……ふぇ……ふぇぇぇぇん……』

　あの慈愛《やさしさ》が。

「もう、契約はなしだ。だけど」

怖《こえ》ぇ。怖ぇよ。

でも。

お前がくれた日常《ひび》が、お前に捨てられたくないという俺の恐怖を、俺を捨てるお前を見たくないという絶望を上回った。

──だから。

「雇《やと》うとか雇われるとかじゃねえ。どっちがマウントとかそんなんじゃねえ。捨てるとか捨てないとかそんなのも知らねえ」

効率とかじゃねえ。

一五年生きてきてはじめて。

生まれてはじめて。

俺の心の奥《おく》。

奥の奥。

奥深くにある天秤《てんびん》が──俺以外の誰《だれ》かに傾《かたむ》いた。

「そ、そのだな。すーっ……はーっ……えーと。その。い、いっしょに……ぐむん……えと」

行けよ藤間透《ふじまとおる》。いままで散々ビビってきたろ？

俺の天秤──俺とアッシマーが両端《りようたん》に乗った天秤は、アッシマーに傾いたんだろ？

なら、行けっ……！

天秤がアッシマーに傾いた反動で飛んでいけ、藤間透っ……！

藤間透の全身全霊《ぜんしんぜんれい》、ありったけの力で……！

飛べ――――

「雇用《こよう》関係じゃない。ただの藤間透は、ただの足柄山沁子《あしがらやましみこ》と、これからも一緒にいたいと思ってる」

泥臭《どろくさ》くも全力の……俺とアッシマーじゃなければ、愛の告白ともとられかねない全力。

見開いた大きな目を見続けることなどできず、俺の視線は木の床《ゆか》へと落ちる。

「ひっく……ぐすっ……」

やがて聞こえる嗚咽《おえつ》。顔を上げるとアッシマーが両目から大粒《おおつぶ》の涙を零《こぼ》していた。

「も、もしかして、わたし……ぐすっ、す、棄てられないんですか……？」

「……あ？」

「わたしずっと、ずっとずっと棄てられてきたからっ……」

自らの腕でぐしぐしと涙を拭《ぬぐ》い、やがて両手で顔を覆《おお》う。

「きっとまた棄てられるって思ってて……！　慣れているつもりでしたけど、でもなぜか藤間くんにだけは棄てられたくなくてっ……！　ふえっ、ふぇぇぇぇぇ……！」

ああ、同じだ――

アッシマーも俺と同じように、すてられることに怯《おび》えていたのだ。

「なんでだよ。なんでお前が……って、もしかしてお前」

　ここ最近めちゃくちゃやる気満々で、今日めっちゃ自己アピールしてきたのって……。

「当たり前じゃないですかぁ！　わたし、また棄てられちゃうと思って……！　一生懸命《いっしょうけんめい》がんばったんですけど……藤間くんが契約解除するって言ったとき、本当に怖くて、悲しくて……ぶぇぇぇぇぇぇ……」

「んあ……わ、悪《わり》ぃ」

　俺が雇ってるんだから、ふたりの金の使い道や行動方針を俺が決めるとか、アッシマーが「雇われてるんだからわたしのほうががんばる」とかいいだすから、そういうしがらみを取り除きたかっただけなんだ。

「と、とりあえず泣き止《や》んでくれよ……」

「無理ですぅ……ふぇぇぇぇん……きっと棄てられると思ってて、せめて笑ってお別れを言いたくて、ずっと我慢《がまん》してたのにぃぃぃぃぃ……」

「えぇー……」

「だって藤間くん最近すごく無茶《むちゃ》しますし、お金貯めてますし、最初と違ってコボたろうもいますし、わたしを棄てる準備だと思ってて」

　ぐすぐすと鼻をすすりながら自分がどれだけ不安だったかを語るアッシマー。このあたりでようやく俺も状況《じょうきょう》を掴めてきた。

「あれ……もしかしてアッシマー、この先もここに居るってことでいいのか？」

「居ますよぅ！　ほかにどこへ行けって言うんですかぁ！」

ふっ、と一瞬《いっしゅん》だけ訪《おとず》れる浮遊《ふゆう》感。

手足が伸《の》びるインド人じゃあるまいし、もちろん実際に浮《う》いたわけではない――そう教えてくれたのは、上にスライドした景色と、木の床に荒々《あらあら》しく着地した尻《しり》と腰《こし》の痛みだった。

「ふ、藤間くんっ！　どうしたんですか!?」

「は……ははっ。安心したら腰抜《こしぬ》けた」

ベッドから立ち上がり、俺を起き上がらせようとするアッシマーを手で制し、改めて木の床にあぐらをかく。

「もしかしてなんですけど……ここ最近藤間くんが無理してたのって……」

「ああ……お前と同じだ。ちょっと背伸《せの》びした」

本当はちょっとどころじゃないんだが、やっぱりここでも俺は強がった。

それは己《おのれ》を大きく見せたいわけじゃなく、なんというか……男のつまらない意地のようなものだ。しかし俺の声は震《ふる》えていて、きっと強がりだとアッシマーはわかっているのだろう。

「藤間くんが背伸びする必要がどこにあるんですか……！　藤間くんがいなかったら、だれがわたしと一緒にいてくれるんですかっ……！　だれがわたしに『お前のペースでいいんだよ』って言ってくれるんですかっ……！　わたしなにやってもトロくてっ……怒《おこ》られてばっかりでっ……！　だれがわたしのままでいいって言ってくれるんですかっ……！だれがわたしの……ふぇ……ふぇぇぇぇぇ……」

それは、俺の知っているいちばん甘《あま》やかな言葉。

「無理しないでいいよ」って。

「お前のままでいいんだよ」って。

誰かに言われたくて、でも誰も言ってくれないから、自分に向けて言っていた言葉。

ぱんぱんに張ったふくらはぎを柔《やわ》らかくして、踵を下ろさせる魔法の言葉。

「だから藤間くんも」

「……あ？」

「藤間くんも、藤間くんのペースでいいんですよ」

「っ……」

やっぱりアッシマーは、俺を弱くする。

孤高《ここう》が気高さなら。

孤独《こどく》が強さなら。

自分以外の言葉でこんなにも胸が熱くなる俺は、やっぱり弱かったということなのだ。

「ん、んじゃまあ、明日からも頼むわ」

「ぐすっ……。……はいっ」

なのに、それがべつに、いやじゃない。

捨てられなかったという安心感が身体に沁《し》みてゆき、散々俺を弄《もてあそ》んだ恐怖心《きょうふしん》が消えてゆく。

俺は弱かった。

俺のペースで……強がらなくてもいいと言ってくれた。それなら。

見栄《みえ》でもはったりでも強がりでもなく。見せかけでもまやかしでもおためごかしでもなく。

『強くなろうな、コボたろう』

俺はようやく、置き去りにしてしまったあの言葉をもういちど咀嚼《そしゃく》し、歩き出すことができるのではないか。

俺はいままで自分を底辺だと開き直りながら、自分だけは自分を理解していると己を鼓《こ》舞《ぶ》し、孤独は強さだと言い聞かせて奮ってきた。

ならばいま、アッシマーがくれた温かいものはなんだ。それに反応して、出涸《でが》らしのように萎《しな》びた心の裡《うち》から迫《せ》り上がる、この熱さはなんだ。

アッシマーから……他人からもらうものが力になるのなら、強さの源は孤独なんかじゃないということになるのではないか。

「く、くくくっ……はははははっ……！」

「え、あ？　ふ、藤間くんっ……？」

怒《いか》りは一周すると呆《あき》れに変わる。

呆れが一周すると喜劇に変わる。

ならば俺の喉《のど》を、そして口を経由して爆発《ばくはつ》した思いは、これまでの藤間透に対する呆れと怒り。

俺はいま、ついにこれまでの一五年の藤間透に別れを告げた。

それでも空虚《くうきょ》にならないのは、目の前で俺がとち狂《くる》ったのではないかとあわあわしているアッシマーが俺の心の裡に居座《いすわ》っているからだ。

『藤間くんのペースでいいんですよ』

俺が言った言葉がアッシマーの口から跳《は》ね返って、心の裡で何度も何度も反射し、反響《はんきょう》し——

「沁子、か。……お前の名前、いい名前だな」

「え……」

反響して、俺の全身にあたたかく、やわらかく、そうっと沁みてゆく。

「は、はぉあああぁぉあああ⁉　な、なんですか急にもう……ぁぅ……」

自分をすてて、消えゆくだけのはずだった俺の心を猛《もう》スピードで再誕させてゆく。

「アッシマー」

「はわわわわ……、は、はいぃ……」

「やり直しだ。俺は藤間透をここからやり直すぞ」

「ふぇえぇえぇ……？」

結局のところ俺は、藤間透という人間を意地で貫《つらぬ》いたまま、アッシマーに相応《ふさわ》しい自分とか、コボたろうに相応しい自分を演じるために背伸びをしていただけに過ぎない。

しかしそれは裏を返せば、藤間透を演じてきたとも言えるのではないか。

だからすべてやり直す。

ありのままの俺を、ありのままでやっていく。

きっと目の前で泣き顔を傾《かし》げている彼女《かのじょ》は、そんな俺をも受け入れてくれるだろうから。

「ありがとうな、アッシマー」

「えっと……？　こ、こちらこそです……？」

俺が底辺だと思っていた場所は底辺なんかじゃなく、己を捨てた刹那《せつな》――そのとき、その場所が底辺だった。

でもその場所……底の底には天上から手が伸びていて、見上げると『自分のペースでいいんですよ』って柔らかく笑ってくれるアッシマーの姿があった。

俺はようやく、すれ違《ちが》いも勘違《かんちが》いもなく、俺以外の誰かの――あたたかなその手を掴《つか》むことができた。そうして振り返ったとき、ついに穴の底で膝《ひざ》を抱《かか》えて肩《かた》を震わせる己の姿を見つめることができたのだ。

『いいんだよ、お前のペースで。――藤間透』

『俺』を見上げる穴の底の俺。虚《うつ》ろな、しかし自分は強いと威嚇《いかく》するような目で『俺』を見上げている。

『俺』は俺をやり直す。

ひとりだけの世界で自分は強いと嘯《うそぶ》く俺を、寂《さび》しさを隠《かく》しながら孤独は強さだと強がる俺をやり直す。

……でも俺は、これまでの俺を否定しない。

俺だけは俺を否定しなかった。だから『俺』はやはり、いままでの俺を否定しない。

俺の強さも俺の弱さも否定しない。

アッシマーの手を握《にぎ》って一段上にあがった『俺』は、底の底で膝を抱える俺を否定しない。

だってそんな俺のことを、アッシマーは俺のペースでいいんだよ、って言ってくれたんだから。

プライドだけ高くて暗い目をした、生意気そうな俺を、アッシマーが『俺』にしてくれたように、

『俺』は穴の底にいる俺を無理やり引き上げる。

そうして、やり直すと決めた『俺』に、これまでの俺を重ね合わせる。

差し伸べられたアッシマーの手を取った『俺』と、『俺』の手を取った俺が重なり合って交わり、ひとつになってゆく。

なんだかんだ言って結局、いままでの俺も嫌《きら》いじゃなかったのだ。

これは、さよならじゃない。

『おつかれさま、孤独が強さだと信じてきた俺』

辛《つら》さも痛みも一番知っている俺が俺自身を最後に労《ねぎら》って……『俺』は俺を取り込み、ひとりの藤間透になった。

「ふ、藤間くん？　……あっよかった、いつもの藤間くんの目ですぅ……」

「ん？」

「なんだかいま、一瞬だけ藤間くんの目が綺麗《きれい》になったんですよぅ……。濁《にご》ってないっていうか、汚《よご》れてないっていうか………」

「おいこら言いたい放題だな」

「でも大丈夫《だいじょうぶ》ですっ。もうすっかりいつもの藤間くんの目ですから。ちゃーんと澱《よど》んでますっ」

なんだよいつもの俺って。そんなに汚《きたな》い目してる？　ちゃーんと澱んでるってひどくね？

しかしやっぱり怒りは一周すると呆れに変わるようで、さらには喜劇に昇華《しょうか》するようだ。思わず口《くち》の端《は》が緩《ゆる》んだ。

「そうかよ……。……よかったな」

「はいっ！」

最初にすっ転んで、立ち止まって。

一歩踏み出したかと思えばまた転んで。

それでも人はまた立ち上がって歩いてゆく。

ほんと、身勝手だよな、人間って。

「んじゃ寝るわ。台の上にぶちまけた金はどうする？　半々にして個別管理するか？」

「いえいえ、それはスキルとか装備とかが落ち着いてからでいいですっ。わたしが持つと無計画に使ってしまいそうなので！」

「んじゃ仕舞《しま》うぞ。明日は買い物からだな。……欲《ほ》しいもんとかあったら、遠慮《えんりょ》なく言えよ」

「はいですっ！」

俺を拒否《きょひ》されるんじゃないかという恐怖と緊張《きんちょう》から解放され、訪れる安心と高揚《こうよう》。

いまなら俺は、なんでもできるんじゃないかって思う。

ふたり別々のベッドに潜《もぐ》り込む手前、窓の外を見ると、一筋の流れ星がエシュメルデの夜空を切り裂《さ》いていった。

いまの俺なら、あの流れ星の行方《ゆくえ》を探すことだってできる。

そんな馬鹿げた妄想《もうそう》を枕《まくら》にして、いつもより柔らかく感じる安物のベッドに身体を横たえ、やがて訪れる優《やさ》しい微睡《まどろ》みに身を委ねていった。

四章　召喚モンスターが大好きで何が悪い

1　待ち合わせ、乙女心《おとめごころ》と春の空

平日における俺の起床《きしょう》時間は七時である。

以前、身体に良いとされる睡眠《すいみん》時間は七時間だという話をしたが、俺はそれを律儀《りちぎ》に守っている。

モン〇ン新作が発売されてから初めての平日前夜、ちゃんと二十四時に眠《ねむ》った自分を褒《ほ》めてやりたい。丸の内のＯＬのように自分へのご褒美《ほうび》に千円札が飛んでいくようなスイーツを買ってやりたい。

「んあー……」

だというのにクソ眠い。朝に強い人間は、なにかコツのようなものでも知っているのだろうか。こんど、アッシマーあたりに訊《き》いてみようか。

そんなことを思いながら歯をガシガシ磨《みが》く。

「んあー……」

……朝飯、まだ食ってなかった。

順番が前後したが、朝食のスティックパン（メープル）をはぐはぐしながら制服に着替《きが》えて家を出た。

「あっ……藤間《ふじま》くん、お、おはよう」

「んあー……おはようさん」

いつもよりすこし遅《おく》れてしまったというのに、またしても灯里《あかり》と出くわした。偶然《ぐうぜん》って怖いな。

「ふ、藤間くんは休日はなにをして過ごしたの？」

「ゲーム」

灯里の質問に、我ながら愛想《あいそ》なく答える。朝弱いから声出ないんだって。

「藤間くんってゲームする人なんだ。じつは私も亜沙美《あさみ》ちゃんに勧《すす》められて――」

灯里が言うゲームとは、パズ○ラとかＲＡＩＮツム○ムような、いわゆるスマホゲー。

スマホゲーを馬鹿にする気はさらさらないが、モン○ンやア○リエシリーズといったコンシューマゲーム、スカイ○ムをはじめとしたＰＣゲームをやり込《こ》んだ俺からすれば、一家言を披露《ひろう》するにはもの足りない。

「私すぐやられちゃって……」

「ばっかそれじゃ相性《あいしょう》悪いだろ。そのダンジョンに行くときはだな——」

しかしライトゲームにも精通してこそのゲーマーだ。灯里の話にもゲームならついていける。ゲームならってかなり寂しいなおい。

そして声が出ないと言っておきながらゲームの話だと声が出るってどうなの俺。

「それでね、それでね」

べつにゲーマーなわけでもないだろうに、灯里は楽しそうにゲームの話をする。俺は相《あい》槌《づち》を打ったり時折アドバイスをしながら、学校への道のりをゆっくりと歩いた。

◆　◆　◆

「なー悠真《ゆうま》、今日カラオケ行かね？」

「カラオケ？　そうだな……亜沙美はどうする？」

「んー、香菜《かな》が行くなら行ってもいーけど」

「行こーぜ？　最近俺らあんまり遊んでないベー」

放課後。ようやく今日の授業が終わった。

家でモン〇ンが待っている。鞄《かばん》を手に取っていそいそと立ち上がったとき、

「アッシマーー！　藤間ー！　あんたらもカラオケ行かない？」

高木《たかぎ》がクラスの後ろのほうからとんでもないことを言い放った。

「ひうっ……！　ご、ごめんなさい、また誘《さそ》ってくださいっ」

アッシマーはよほど急いでいたのか逃《に》げようとしたのか、どべべべべー！　と廊下《ろうか》へ走っていった。

「あちゃー。藤間、あんたは？」

「あ、その、いや、悪《わり》ぃ、遠慮しとく」

つーか行くわけねーだろ。アニソンと洋楽のハードロックとかメタルくらいしかわかんないって。なにより高木が俺を誘ったことで、カラオケを提唱したイケメンBとCがめっちゃいやそうな顔をしてるっつーの。

「んー、そっか。ならまた今度ね！　んじゃどーする？　香菜はー？」

なんだよまた今度って。カラオケの時点で行かねえし、そもそものふたりがいる時点でどこへも行かねえわ。

そうして教室を出る前に、そういえば、と思い出して踵《きびす》を返す。

「灯里」

「はっ、はいっ！」

窓際《まどぎわ》にある灯里の席に近づいて声をかけると、こっちがびっくりするほど驚《おどろ》かれた。急に話しかけてごめんね？　女子にＲＡＩＮ送るのとか逆に緊張するからって声かけてごめんね？

「お前【火矢《ファイアボルト》スキル強化ＬＶ２】って習得した？」

「え、っと……アルカディアのスキルブックのことだよね？　ＬＶ１は習得したけどＬＶ２はまだ……」

「こないだ拾ったんだけど俺もアッシマーも使えねえし、もしよければ貰《もら》ってくんねえか」

灯里は遠慮していたが、いつも砂を集めてもらってるお礼だと伝えると首を縦に振《ふ》ってくれた。

「私、取りに行けばいいかな？」

「いや俺から言い出したことだしそれは悪い。どっかで待ち合わせとかできねえか」

「ま、待ち合わせ……」

え、なに。なんでそんな反応すんの。つーかみんな注目するからあまり大きな声を出さないでいただきたい。

「いやならべつに――」

「いやじゃないよ！　わ、私、藤間くんと待ち合わせ……して、みたい、な」

そんな灯里の上目遣《うわめづか》いにたじろいだ。しかしそんな心の揺《ゆ》らぎもほんの一瞬で――

「あ、え、あ、じゃ、じゃあアルカディアでの翌朝八時半くらいに噴水《ふんすい》広場でいいきゃ」

「う、うんっ！」

はい嘘《うそ》。一瞬とか嘘でしたー。めっちゃ動揺《どうよう》してどもりましたー。そのうえ噛《か》みましたー。

灯里はなんというか、男を惑《まど》わす可愛《かわい》らしさといじらしさを持っている気がする。俺みたいな永遠童貞《どうてい》男フォーエヴァーはコロっといってしまいそうだ。永遠って二回言ったな。

「藤間くんと待ち合わせ……え、えへへ……」

顔を真っ赤にした灯里から視線をずらすと、教室の後方からこっちを睨《にら》んでいるイケメンB、Cと目があった。

「暇《ひま》なやつらだな」

「……？　藤間くん、なんて言ったの？」

「なんでもねえ。話しかけて悪かったな」

「えっ、えっ⁉　なんにも悪いことなんて――」

灯里の言葉を最後まで聞かず、鞄を肩に担《かつ》いで廊下に出た。

『悪かったな』という言葉は、カラオケに誘うところを邪魔《じゃま》して悪かったな、とイケメンBCに向けた言葉だったのか、それとも俺と話すことで友人から見て格を落とさせた灯里に向けての謝罪だったのか――。

祁答院《けどういん》、灯里、高木、鈴原《すずはら》はもう格がどうとか俺のことをべつにどうこうしようと思ってないのはわかってる。

でもイケメンBCは俺に対して明らかな敵意を持っている。そしてこいつらは仲良しこよしの〝オトモダチ〟同士なのだ。

俺が自分の非を認めつつ、それでもこいつらを心のどこかで信用しきれないのは、あのふたりとつるんでるからなのかもな。

灯里や祁答院、高木や鈴原との絡《から》みがあるたびに、後ろにイケメンBCがいるんじゃねえかって思ってしまう。

――あ、そうか。

あいつらが言っていた〝格を落とす〟って、こういうことなんだな。

「やり直しても相変わらず性格悪いな、俺」

自嘲《じちょう》するような呟《つぶや》きは、すでに枯《か》れた桜の木のようにもの寂しく、まだすこし寒い春空へ舞《ま》う花びらのように消えていった。

◆　◆　◆

「ふんふんふーん♪」

それはまるで、ゆりかご、だった。

「ふんふんふんふーん♪」

目の前でゆりかごが揺れているような、柔らかであたたかく、伸びやかなビブラート。

「ふんふーん♪」

ゆらりふわりとたゆたって、いつの間にか目の前にゆりかごがあるんじゃなくて、俺がゆりかごの中にいるんじゃないかという気にすらなる。

「ふんふんふーん♪」

俺は赤《あか》ん坊《ぼう》だったころの記憶《きおく》なんて当然持っちゃいないが、甘やかなメロディーが、あやされているようで、心地《ここち》良《よ》くて——

「ふーん♪　ふんふーん♪」

しかしと言うべきか、やはりと言うべきか、それに甘えっぱなしではいけないと、揺られているのは俺ではないと、ひねくれた俺は目の前のゆりかごをそっと掴むように目を開けた。

「んあー……」

アパートとは違う、枯茶色《かれちゃ》の天井《てんじょう》。

俺が首を捻《ひね》る前に、優しい音色はぴたと止んで、

「おはようございますっ」

甘やかなビブラートの主は、やはりベッドとベッドの間に設置してあるステータスモノリスの前にいて、にっこりと俺に笑いかけてきた。

なんだか、もうすこし眠っていたくなるような、今日ずっとサボっていても許してくれそうな微笑《ほほえ》みに、いやいやさすがにそれはいかんだろ、と、瞬《まばた》きをふたつして半身を起こす。

「おはようさん。……顔、洗ってくるわ」

「はいですっ」

ベッドからのそのそと這《は》い出て、布団《ふとん》の温《ぬく》もりを名残惜《なごりお》しむ。

しかしなんとなく、今日は、昨日よりもあたたかい気がした。

アッシマーは相変わらず朝から調合、錬金《れんきん》、加工と忙《せわ》しなく動き回ったうえに、朝食で

ある黒パンの調達と朝のシャワーまで済ませたようだった。

相変わらず元気。相変わらずの朝。

その相変わらずが、こんなにも尊い。

それはそれとして、顔を洗っても歯を磨いても、相変わらず眠いのはなんとかならないものだろうか。

「なあ、早起きするコツってなんかあんのか?」

ベッドに腰かけ、アッシマーが買ってきてくれた黒パンの包みを開きながら、現実での疑問をアッシマーにぶつけてみた。

「コツですかぁ……。わたし現実でも早起きですし、早く寝《ね》ることですかね?」

「早くって何時に寝てんだよ。少なくともアルカディアで寝るタイミングは一緒だろ」

「わたし二四時くらいには寝てますよ?」

「俺《おれ》と一緒じゃねえか。理不尽《りふじん》すぎるだろ……」

睡眠の質が悪いのだろうか。もしかして枕? 枕なのか?

三万円くらいする『じぶんまくら』みたいなやつに交換《こうかん》したら改善されんのかな。でも枕に三万円はさすがに金持ちの道楽だよなあ……。夢のある道楽だ。枕だけに。やかましいわ。

つまらないことを考えてしまったこともキレが悪いのも眠いせいだと責任転嫁《てんか》し、そんな自分の小ささに苦笑《くしょう》しながらコボたろうを召喚する。

「おはようさん」

「コボたろう、おはようございますっ」

「がうがうっ！」

白い光を伴《ともな》って現れたのは、つぶらな瞳《ひとみ》、すこし垂れぎみの耳。今日もコボたろうは可愛く元気である。

「アッシマー、もうちょいしたら灯里に会ってくるわ」

「えっ……灯里さんって、クラスメイトの灯里さんですよね？　教室だとわたしの前の席の」

驚いた顔に頷《うなず》いて返す。むしろ俺の数少ない知り合いのなかで、ほかに該当《がいとう》候補などあるはずもない。

「あ、あの、もしかして、帰りは遅《おそ》くなるパターンですか？　それとも、もしかしてお泊《と》まり？」

「お前なにぶっ飛んだ想像してんの？　ちょっと会うだけだっつの。こないだ手に入れたスキルブックを渡《わた》すだけだ。なんならアッシマーが渡してくれたっていい」

アッシマーはひとつ息を吐《は》いてから、ふるふると横に首を振る。

「い、いえっ、いいですよぅ……。それはさすがに灯里さんに申しわけないといいますかっ」

「申しわけないの意味がわからんっつの……」

はぁとひとつため息をついて、俺はようやく硬《かた》い黒パンに齧《かじ》りついた。


商業都市エシュメルデには、いくつもの広場がある。

北には高台から海を俯瞰《ふかん》できる海浜《かいひん》広場、西にはエシュメルデとエシュメルデを見下ろす山脈を魔力《まりょく》ゴンドラで往来できる丘陵《きゅうりょう》広場、北東にはエシュメルデのお偉《えら》いさんの銅像がある記念広場——と、正式名称《めいしょう》は知らないが、俺はなんとなくそう呼んでいる。

ともかく、エシュメルデにはいくつもの広場があって、俺が噴水広場を指定したのは、決してムードづくりなんてチャラい理由じゃないし、女子と会うから一応気をつかって——なんて無駄《むだ》な努力なんかでもない。

広場は数多くあれど、噴水を持つ広場は中央のひとつしかないため、目印として都合がいいからだ。

そしてなにより宿から近い。なにこれ、ふたつめの理由が強すぎてひとつめが霞《かす》む。

中央広場は場所がら交通の利便性が高く、さらに夜間は市場が開かれるため、大抵《たいてい》混んでいる。

陰《いん》キャなら人混みを避《さ》けるだろうって？　あたりまえだ。だからこの時間なんだよ。

ほんのりと活気づきだした街を歩くこと五分、中央広場が見えると同時に目に入ってきたのは、隣《となり》にある石造りの大きな二階建ての建物——冒険者《ぼうけんしゃ》ギルド。俺がアッシマーやリディアと出会うまで、エペ草とライフハーブを買い取ってもらっていた場所だ。

ギルドが開くのは朝八時。つまり、この時間は多くの人間がギルドに入っていくため、隣の公園は比較的《ひかくてき》人が少なくなるのだ。

そんなエシュメルデ中央広場に予定の八時半よりもすこし早く到着《とうちゃく》すると、俺の計算通り人は少なかった。

中央広場の真ん中には大きな噴水があり、みっつの水柱が音をたてて高々と立ち昇《のぼ》っている。水しぶきが円形の縁《ふち》の側まで飛んできて、水面に映りこんだ目つきの悪い顔にいくつもの小さな波紋《はもん》を刻んでいる。

見上げるほどの水柱を透《す》かして望んだ先には七色のグラデーションが緩やかにカーブを描《えが》いていて、エシュメルデの青空を彩《いろど》っていた。

一方、視線を正面に向けると、水柱の向こうでこちらに背を向けるようにして立っている白いローブ姿が目に入った。

噴水の縁に沿って回り込む。

その横顔は見知ったものであるにもかかわらず、息を呑《の》むほどだった。

胸に手を合わせ、どことなく緊張した顔。しかしそれがまた物憂《ものう》げで色っぽい。

インナーこそ地味な茶色のシャツとタイトパンツだが、フード付きの白いローブは無垢《むく》な可愛らしさと清楚《せいそ》な美しさがあって、灯里の長い濡鴉《ぬれからす》を際立たせている。

美しい水と空に浮かぶ虹《にじ》の寵愛《ちょうあい》を一身に浴びたような可憐《かれん》さを纏《まと》った灯里は俺に気がつくと、安心したように息を吐き、石畳《いしだたみ》の上で俺に手を振った。

「わりぃ、早く来たつもりだったんだけど」

「平気、だよ。待ってるあいだも、楽しかった、から」

灯里は緊張しているのか、どうにもたどたどしい。どう対応していいかわからないというよりも、決めていた台詞《せりふ》をどうにか言いきったように見えた。

「これ、言ってたスキルブック」

「うん、ありがとう」

マイナーコボルトから入手した【火矢《ファイアボルト》スキル強化LV2】を灯里に手渡《てわた》す。灯里はそれを大事そうに胸に抱《だ》いて、五秒ほどそうしていただろうか。名残惜しむように目を閉じると、その本を己《おのれ》のなかに取り込んでかき消した。

「覚えたよ。本当にありがとう」

「よかったな」

「うんっ！」

「んじゃ」

「あっ、あっ、ちょ、ちょっと待って……！」

くるりと踵《きびす》を返す俺の背を、慌《あわ》てた声が呼び止める。

「え、な、なに」

「あのね、その、その……きょ、今日、私も、藤間くんと足柄山《あしがらやま》さんと一緒《いっしょ》に行動させてくれない、かな？」

「…………は？」

灯里を振り向いた俺の顔は、声同様に相当間抜《まぬ》けなものだったろう。それくらい灯里の質問は意味不明だった。

身体ごと振り返って問う。

「あいつらは？　高木とか鈴原とか祁答院とか……あー、そのへんといつもつるんでるだろ」

イケメンBCの名前、いまだに覚えてないわ。こっちから絡みにいくことなんてまずないから困らないけど。

「私だけだよ。みんなにはもう言ってあるの。……やっぱり駄目《だめ》、かな」

「駄目とかじゃなくて意味がわからん。こんなこと言うのもアレだけど、べつにいいことなんてないぞ？　一日のほとんどが採取と休憩《きゅうけい》だしな」

「うん、それでいいの。お願いします」

しかし灯里は丁寧《ていねい》に頭を下げてくる。すこし遅れてフードの下にある黒髪《くろかみ》がふわりと垂れた。

正直、俺としてはどちらでもいい。

万が一、あの日——灯里の告白が本物だったのだとしても、あれだけ最低なことを言った俺に恋愛《れんあい》感情なんて残っていないだろうから、変な空気になることもないだろうし、むしろ戦闘《せんとう》能力のない俺たちからしてみれば灯里の強力な攻撃魔法《こうげきまほう》はありがたい。コボたろうも楽ができるはずだ。

「俺はべつにいいけど」

「ほ、本当？　よかった……」

灯里は言葉通り、本当に安心したようで、胸で手を合わせたまま、表情を緩めて微笑《ほほえ》んだ。

だ。

俺は、俺には眩《まぶ》しすぎるその笑顔《えがお》から目をそらすようにして、

「でもアッシマーとコボたろうにも訊いてみないとわかんないぞ。……つーかさっきから、なんでコボたろうはあんなに離《はな》れた場所にいるんだよ……」

いつもは近い場所にいるコボたろうが、いまはすこし離れたところからこちらを窺《うかが》っている。

手を振って呼び寄せると、コボたろうはまるで「だめだこりゃ」とでも言いたげな視線を俺と灯里に送って、首を横に振ってからため息をついた。なぜか灯里の顔が赤くなった。

灯里を連れて宿へ戻《もど》ると、アッシマーが「はわわわわ……」と慌てた様子で荷物をまとめはじめた。

「なにしてんのお前」

「まさか即《そく》お持ち帰りとは……。わ、わたし五時間くらい外に出てますね？　あと、その、あのぅ……できればでいいんですけど、わたしのベッドと作業台は使わないでもらえると……」

泣きそうな顔でいそいそと部屋を出ようとするアッシマー。またこのパターンか。

「まあ待て。……相変わらず打ち上げロケットみたいな脳内してんのな」

「その心は？」

「……どっちも飛びすぎて宇宙まで行きます」

「キレわるっ……」

「うっせえよ」

俺たちのつまらないやり取りを不安げに窺っていた灯里が慌ててアッシマーに説明すると、

「灯里さん、わたしに構ってくれるんですか……？　わたし、居ても邪魔になりませんか？」

「邪魔なんてそんなことあるはずないよ。急に無理言ってごめんね？　今日はよろしくね」

……よくわからないが、そういうことになったらしい。

カランカラン……。

宿の斜《なな》め向かいにある、外観からはわかりづらいスキルブックショップのドアを開けると、

「あーっ！　おにーちゃん久しぶりだにゃ！」

客のことを指差すトンデモ店主が大きな声をあげた。

「うす。久しぶりって……昨日来なかっただけだろ」

「毎日来てくれてたのに一日あいだがあくと心配するにゃ！　……ん？　……んー？」

ケットシーの血が四分の一だけ混ざっているらしい店主のココナは猫耳《ねこみみ》をぴくぴくとひくつかせ、俺の後ろへ視線を泳がせる。対象はアッシマーでもコボたろうでもなく——

「……レニャ？」

「おはようございますココナさん」

ココナは活発そうな猫目《ねこめ》をぱちくりとさせたあと、

「おにーちゃん……ユーマから寝取《ねと》ったにゃ？」

「ほんっとお前ら、ろくな妄想しねえよな」

とんでもないことを言う女だ。ちなみにココナは俺たちのひとつ下、十四歳《さい》らしい。十四歳がＮＴＲとか言うんじゃありません。

トンデモ妄想に出た〝ユーマ〟というのはクラスのトップカースト、その頂点に鎮座《ちんざ》する顔面エクスカリバーこと祁答院悠真のことである。灯里はいつも祁答院と行動をともにしているため、ココナはそんなつまらないことを考えたらしい。

「足柄山さん、ちょっと訊いていい？　ネトッタってなに？」

「はわわわわ……。灯里さんの清らかなお耳に入れるほどのことでは……」

俺の背中では、灯里が世界一不毛な知的好奇心《こうきしん》で首を傾げている。頑張《がんば》れアッシマー！

灯里のピュアっピュアなハートはお前の手にかかってる！

「これ白い砂な」

コボたろうが肩に担いだ革袋《かわぶくろ》のひとつをそっとおろすと、ココナは目を輝《かがや》かせた。

「おっ、毎度ありにゃん♪　革袋ってまだ需要《じゅよう》あるかにゃ？」

「まだ当分はありそうだな。毎日革袋不足で困ってる」

「それはなによりだにゃん♪」

スキルブックの購入《こうにゅう》とは別件になるが、ココナにはオルフェの白い砂三十単位を2シルバーと革袋で買い取ってもらっている。いまじゃ貴重な収入源だし、なにより採取、運搬《うんぱん》、保管に大活躍《だいかつやく》の革袋が増えるのはありがたい。

「じゃあスキルモノリスを持ってくるから、ちょっと待っててにゃん！」

しかしこの2シルバーという額は大抵、一瞬《いっしゅん》で消える。

というのも、この店主は俺が金を手にするなりスキルブックを売りつけてくるのだ。マジでとんでもない女だ。

もっとも、ココナの母親である宿屋の女将《おかみ》がそんな言葉をどこかで聞いたなら、どんな残酷《ざんこく》な殺され方をするかわからないから口には出さないけど。普通《ふつう》に死ねないのかよ。

「レニャはどうするにゃん？」

「ごめんなさい、私はいま持ち合わせが少ないので遠慮しておきます」

金のない灯里を買い物に付き合わせたことにわずかな申し訳なさを感じたが、アッシマーのスキルモノリスを楽しそうに覗《のぞ》き込んでるし、まあいいか。

藤間透《とおる》
26シルバー

▼――ステータス
HPLV1　30カッパー（New）　SPLV2　60カッパー
俊敏《しゅんびん》LV1　50カッパー（New）　体力LV1　50カッパー
▼――自動回復
☆SP自動回復LV1　4シルバー
▼――戦闘

戦闘ＬＶ１　30カッパー
▼――召喚
☆召喚時ＭＰ減少ＬＶ１　５シルバー（Ｎｅｗ）
☆召喚ＭＰ節約ＬＶ１　５シルバー（Ｎｅｗ）
○召喚疲労《しょうかんひろう》軽減ＬＶ１　１シルバー50カッパー（Ｎｅｗ）
▼――呪《のろ》い
呪いＬＶ１　30カッパー（Ｎｅｗ）
▼――生産
調合ＬＶ１　30カッパー
▼――行動
歩行ＬＶ２　60カッパー　走行ＬＶ１　30カッパー
疾駆《しっく》ＬＶ１　30カッパー　休憩ＬＶ１　30カッパー（Ｎｅｗ）
▼――その他
冷静ＬＶ１　30カッパー　我慢《がまん》ＬＶ１　30カッパー
覚悟《かくご》ＬＶ１　50カッパー

「なあ……なんかめっちゃ生《は》えてるんだけど」

「それだけおにーちゃんが頑張った証拠《しょうこ》にゃん♪」

灯里がアッシマーにしているように、ココナが俺のスキルモノリスを覗き込んでくる。

その際、ついでに俺の所持金を見たココナの「おほーっ☆」という嬌声《きょうせい》を、俺はたぶん、生涯《しょうがい》忘れない。

「藤間くんどうしましょう……わたしもたくさん生えちゃいましたぁ……」

「このあと武具屋でコボたろうの装備も見たいから、ひとり10シルバーまでな」

「はいっ、わかりましたぁ……。…………ってはあああああああああ!?　10シルバー!?　合計20シルバーも使っちゃうんですかぁ!?」

アッシマーの大きな声に、コボたろうを含《ふく》めた全員がびくっとする。急に大きい声出すなよ、お前の驚きかたってなんかホラーじみてるんだよ。

「使う。先行投資にケチったら駄目だ。20シルバーなんて俺たちなら必死こけば二日で稼《かせ》げるだろ。それを一日で稼げるようにするための投資だ」

「おにーちゃんカッコいいにゃ……。大好きにゃ……」

大好きだと言われても、なんのときめきも感じない。だってもう露骨《ろこつ》に聞こえるんだもん。

『おにーちゃんは（太っ腹で）カッコいいにゃ……。（ココにゃんはたくさんお金を使ってくれる人が）大好きにゃ……』

ってね。むしろ副音声のほうが長いからね。なんならもうココナの目の形が金貨になってるからね。

聞こえなかったふりをして、話を逸《そ》らす。

「アルカディアじゃスキルが優秀《ゆうしゅう》だってイヤというほど知ったからな」

習得すればするほど強くなったことが実感できる。実際【ＳＰ】や【ＭＰ】のスキルを習得しただけで随分《ずいぶん》楽になったし、他にも【歩行】スキルなんかもはっきりとわかるほど宿と採取スポットの往復が楽になった。

さて、どのスキルを購入すべきか……。

「ココナ、生えたスキルに関していくつか訊いていいか」

「なんでもどうぞにゃん♪」

【俊敏】はそのまま俊敏になる。戦闘にも採取にも使える大人気スキルだそうだ。

ややこしいのは【☆召喚時消費ＭＰ減少】【☆召喚ＭＰ節約】【○召喚疲労軽減】の３スキルだ。

【☆召喚時消費ＭＰ減少】はコボたろうを召喚する際に消費するＭＰが１減少する。現在ＭＰ９消費してコボたろうを召喚してるから、消費ＭＰが８になるってことだな。

【☆召喚ＭＰ節約】ってのは召喚時と召喚中に消費するＭＰを１割節約してくれるらしい。消費ＭＰ９のコボたろう召喚が消費ＭＰ8.1に節約され、そのうえ『召喚疲労』により召喚中に少しずつ減少してゆくＭＰも節約してくれる強力なスキルだそうだ。

【○召喚疲労軽減】は上記の『召喚疲労』によるＭＰ減少を抑《おさ》えてくれるスキル。これもいいな。

そして俺がいちばん気になったのは、

「なあ【呪い】ってなんだ？」

戦闘とか魔《ま》法《ほう》、召喚に交じってえらく不吉《ふきつ》な単語が並んでるんだが。

「呪いは相手に不利益をもたらす術のことにゃ」

「デバフってことか？　魔法とはどう違《ちが》うんだ？」

「いちばんの特徴《とくちょう》は詠唱《えいしょう》を必要としにゃいことにゃ。クールタイムはあるけど、発動したいときにスキル名を念じるだけで発動できるにゃ。魔法より総じて効果範囲《はんい》が広いことと避けられにくいのも特徴にゃ。あと魔法はＭＰを使うけど、呪いはＭＰを使ったりＳＰを使ったり種類によって様々にゃ。下級の呪いでも強力にゃものは多いから、習得しておいたほうがいいにゃ」

【呪い】という響《ひび》きはアレだが、ココナの話を聞く限り強そうだ。30カッパーと安価だし、買っておくかな……。コボたろうの助けになれるかもしれないし。

「あと呪いは魔法と比べて習得している人が極端《きょくたん》に少ないにゃ。それと……呪いを持ってる人はパーティに誘われにくいにゃ」

「なんでだ？　もしかして本人や仲間にも呪いがかかっちゃうのか？」

もしそうだとしたら恐《おそ》ろしすぎる。しかしココナは首を横に振って、

「呪いは悪くないにゃ。呪いを習得できる人の性格に難がありすぎて、そもそもパーティを組まれないにゃ」

…………ええと……？

「呪いを習得できる人は闇《やみ》を抱《かか》えているか、性格が陰険《いんけん》で陰湿《いんしつ》な根暗野郎《やろう》が多いにゃ」

祝☆　ついに異世界《アルカディア》からも陰キャ認定《にんてい》されました！

やかましいわ。

2　アンプリファイ・ダメージ

　結局ココナの店では、

【ＳＰＬＶ２】【俊敏ＬＶ１】【☆召喚《しょうかん》ＭＰ節約ＬＶ１】【○召喚疲労軽減ＬＶ１】

【呪いＬＶ１】【休憩ＬＶ１】の６スキルを８シルバー20カッパーで購入した。

【呪い】の衝撃《しょうげき》が強くて飛ばしてしまったが、【休憩】スキルは休憩時の回復効率を高めてくれるらしい。超便利《ちょうべんり》だ。

「私びっくりしちゃった……。藤間くんも足柄山さんも、豪快《ごうかい》なお金の使いかたをするんだね」

　アッシマーは【調合】【錬金】【加工】のメイン３スキルにＬＶ４が生え、それぞれを２シルバー40カッパーで購入、【器用ＬＶ２】【ＳＰＬＶ２】を60カッパーずつで購入し、さらには【技力ＬＶ１】を50カッパーで習得――８シルバー90カッパーを支払《しはら》った。

　生活費を除いた全財産は残り８シルバー90カッパー。……かと思いきや、

「なあココナ、ここってスキルブックの買い取りってやってるか？」

「やってるけど珍《めずら》しいもの以外はギルドと同じくらいの二束三文にゃ。その代わり珍しいものはココニャちゃんのコレクション行きにゃから、高く買い取るにゃ」

「珍しいの基準がわからねえ。……これはどうだ？」

コボたろうの【コボルトボックス】に持たせていたスキルブックを二冊出す。そのうちの一冊にココナは目を輝かせ、

「【反復横跳《よことと》びＬＶ１】!?　すごいにゃ！　見たことないにゃ！　おにーちゃん、これはどこで？」

「なにその食いつき……。たしかエシュメルデ草原のマイナーコボルトからドロップした」

「にゃぐぐ……まさか近辺にこんな珍しいスキルブックを持ったコボルトがうろついてたにゃんて……。おにーちゃん、この【遠泳ＬＶ１】はそこまで珍しくもにゃいからギルドと同じ10カッパーで引き取るにゃ。でもこの【反復横跳びＬＶ１】は十倍の１シルバーで買い取らせてほしいにゃ！」

そんなわけで、俺たちの所持金は10シルバーになった。それを持ってぞろぞろと武具屋へと足を向けた。

コモンアーマー　1シルバー
DEF0.30　HP3
――安物の素材でつくった簡素な鎧《よろい》。まずはここから。――

茶色のすこしボロっちい革鎧《かわよろい》を装備するコボたろう。

「……は？　服の上に鎧って着られるのか？」

「……？　着られるよ？」

灯里はなに言ってんだこいつって思ってるだろうな。普通に考えたらおかしいこと言ってるもんな。

どういうことかっていうと、服の上に鎧を重ね着できるのはおかしいってことなんだ。

いや余計わからんよな。

コモンシャツを装備すると能力値が装備分の〝DEF0.20　HP2〟上昇《じょうしょう》する。コモンアーマーだと〝DEF0.30　HP3〟上昇する……ここまではいいよな。

俺はコモンシャツからコモンアーマーに着替《きが》え、コボたろうの能力が差分の〝DEF0.10　HP1〟だか上昇するものだと思っていた。

しかし、違った。コボたろうは当然のようにコモンシャツの上からコモンアーマーを装備し、コモンシャツとコモンアーマー両方の防御力《ぼうぎょりょく》、そしてHPが上昇していたのだ。

「藤間くんはゲーム脳ですねぇ……」

「ほっとけ」

いや、だってさ。『たびびとのふく』と『かわのよろい』ってどちらかしか装備できないじゃん。

「でも言われてみりゃそうだよな。そりゃ両方装備できるよな。いままでプレイしてきたゲームシステムに疑問を抱いたことすらなかったわ」

……とまあそんなわけで、コボたろうが鎧を装備した。……俺？　適性不足で装備できないって言われた。しょんぼり。

◆　◆　◆

「炎《ほのお》の精霊《せいれい》よ、我《わ》が声に応えよ。我が力に於《お》いて顕現《けんげん》せよ。其《それ》は敵を穿《うが》つ火の一矢《いっし》也《なり》」

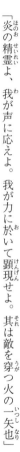

灯里の抑揚《よくよう》を抑えた詠唱。しかし胸の前で水平に構えた杖《つえ》の先に現れる魔法陣《まほうじん》は、まるでストーリーの盛り上がりを彩るかのように徐々《じょじょ》に大きくなってゆく。

「火矢《ファイアボルト》」

これまでより一回り大きくなった炎の矢が渦《うず》を巻いて飛んでゆく。灯里のマントも長い黒髪もたなびかせ、風を劈《つんざ》き、草を乱暴に刈《か》り取って、木々を橙《だいだい》に照らしながら、一体のコボルト――その生命を穿つため、剛直《ごうちょく》に飛んでゆく。

「ギャアアアアアアアアアッ!!」

茶色い靄《もや》が頭上にまとわりついたコボルトは、絶叫《ぜっきょう》を引き連れて吹《ふ》っ飛んでゆく。

現れたのは緑の光。残ったのは木箱と、草木の匂《にお》いに混じるシャンプーの爽《さわ》やかな香り。

「がうっ！」

「ギャアッ！」

灯里の逆方向ではコボたろうが相手の喉《のど》を見事貫《つらぬ》き、緑の光に変えていた。

《戦闘終了《せんとうしゅうりょう》》

《1経験値を獲得《かくとく》》

「か、かーーーーっ……！　助かった……！」

「はわわわわ……もう終わりかと思いましたぁ……」

手汗《てあせ》でびっちょり濡《ぬ》れたコモンステッキを落とし、その場に座《すわ》りこむ俺。

灯里が仕留めきれなかった場合のために装備したコモンメイスとコモンシールドを取り落として膝《ひざ》をつくアッシマー。

「ふたりともだいじょうぶ？」

「がう？」

アッシマーは灯里に、俺はコボたろうに差し出された手を握《にぎ》って起き上がる。なんとも情けない。

「それにしても一撃《いちげき》かよ……。灯里お前、めちゃくちゃ強かったんだな……」

「そんなことないよ。藤間くんと足柄山さんから貰《もら》ったスキルブックのおかげ。それに藤間くんの援護《えんご》があったから。あ、ありがとう」


エペ草とライフハーブの採取に勤《いそ》しんでいた俺たち四人は、

《コボたろうが【槍《やり》LV1】をセット》

コボたろうがスキルをセットしたメッセージウィンドウでコボルトの出現に気づいた。

「がうがうっ！」

コボたろうはその敵に向かいながら、顔だけで俺たちに振《ふ》り返って吠《ほ》える。まさか、と振り向いた先には50メートルほど向こうからこちらへ駆《か》けてくるコボルトの姿があり、俺たちは二体から挟《はさ》み撃《う》ちにあったことを知った。

コボたろうなら、一体のマイナーコボルトなんかに負けねえっ……！

「損害増幅《アンプリファイ・ダメージ》……！」

だから俺は、灯里が構えたほうのコボルトに覚えたてのスキル……【呪い】を使用したのだ。

ステッキを地面につけてスキル名を口にすると『靄が出ろ』と思ったあたりに、本当に茶色の霧《きり》のような靄が出現し、コボルトの頭上にまとわりついた。

アンプリファイ・ダメージは対象が被《こうむ》るダメージを増幅させる呪い。スキルブックにより強化された灯里の【火矢《ファイアボルト》】の威力《いりょく》と相まって、コボルトを一撃で木箱に変えた。

「正直助かった。灯里がいてくれてよかった」

訪《おとず》れた安穏《あんのん》にほっと胸を撫《な》でおろしながら、べつになにをどうこうするつもりもなくそう呟《つぶや》くと、火魔法の余熱でも残っているのか、灯里の顔がぼっと真っ赤に燃えあがった。

近くにダンジョンが出現したからだろうか、昨日今日、エシュメルデ周辺にモンスターが多い気がする。

「其《それ》は敵を討《う》つ二筋の雷也《いかづちなり》」

「コボたろう、下がれっ！」

「が、がう……」

《コボたろうが【防御《ぼうぎょ》LV1】をセット》

二体のコボルトを同時に相手取っていたコボたろうはへろへろと後退《あとずさ》る。

「いきますっ……！　落雷《サンダーボルト》！」

晴れ空に不釣《ふつ》り合いな二筋の雷《いかづち》が轟《とどろき》をもって二体のコボルトを打ち据《す》えた。

《コボたろうが【槍LV1】をセット》

「がうっ……！」

「ギャアアアアッ！」

怯《ひる》んだ一体をコボたろうが攻撃《こうげき》に転じて討ち取る。もう一体は全身にはしった衝撃で槍を取り落としていて、

「ギャウッ！　ギャアッ!!」

「うおあああああっ……！」

「はわわわわわわ……！」

落ちた槍を拾わせないように杖を振り回す俺《おれ》と、メイスを振りかぶるアッシマーに飛び

かかろうとしたところで、

「ぎゃうっ！」

「ギャアアアアッ！」

背後から首をコボたろうに貫かれ、木箱へと変わった。

《戦闘終了》

《2経験値を獲得》

《レベルアップ可能》

「あ、危なかった……！」

「はわわわわ……」

相変わらず戦闘後にへたりこむ俺とアッシマー。

「ぐるぅ………」

「コボたろう！」

いくつもの傷を負って膝をつくコボたろうに膝立ちで近寄りながら【オリュンポス】を起動し、ステータスを確認《かくにん》する。

コボたろう（マイナーコボルト）
消費MP7　状態：召喚中　残召喚可能時間：13分
▼
HP　2／15（防具HP8）　SP　2／10　MP　2／2

「コボたろう！　コボたろう！」

なんだよHP2って！　コモンアーマーを買わなきゃ死んでたじゃねえか！

「藤間くんごめんね、ちょっと下がってて。癒《いや》しの精霊よ、我が声に応えよ――」

「灯里……！」

地獄《じごく》に仏を見るような気持ちで灯里を振り返ると、おそらく回復魔法のものだと思われる詠唱を開始していた。

三体のマイナーコボルトが群れになって襲《おそ》いかかってきたときはさすがに終わったと思った。

コボたろうが俺たちに「逃《に》げろ」とひと鳴きして囮《おとり》になろうとし、しかし皮肉なことにコボたろうを犠牲《ぎせい》にする選択肢《せんたくし》がない俺たちには、それが戦闘開始の合図になった。

『お前を置いて逃げられるかよっ！　損害増幅《アンプリファイ・ダメージ》っ……！』

『っ……。炎の精霊よ、我が声に応えよ……！』

『はわわわわわ……！』

勇敢《ゆうかん》に三対一を仕掛《しか》けるコボたろう。敵三体にまとめて呪いをかける俺。火矢《ファイアボルト》の詠唱を開始する灯里。そして棍棒《こんぼう》と盾《たて》を構え、はわはわしながらコボたろうに続くアッシマー。

灯里の火矢《ファイアボルト》は敵の一体を緑の光に変え、灯里はすぐさま次の魔法──落雷《サンダーボルト》の詠唱に入った。

詠唱中はコボたろうとへっぴり腰《ごし》ふたり対、マイナーコボルト二体。コボたろうの負担は計り知れなかった。

「治癒《ヒーリング》」

優《やさ》しい光がコボたろうの傷を癒してゆく。傷口を塞《ふさ》いでゆく。防具が元の焦《こ》げ茶《ちゃ》を、体毛に絡《から》んだぬらついた血を消してゆく。

コボたろう（マイナーコボルト）
消費ＭＰ７　状態：召喚中　残召喚可能時間：12分

▼HP　15／15（防具HP8）　SP　3／10　MP　2／2

「がうっ！」

「おおすげぇ……。灯里、その、さ、サンキュな。マジで助かった」

コボたろうとふたりで頭を下げると、灯里は両手を振って顔を赤くする。その様子を見たアッシマーが安心したようにみっつの木箱の開錠《かいじょう》を開始した。

「なあ、レベルアップ可能って表示されたんだけど。コボたろうもレベルアップできるみたいなんだけど、これどうすりゃいいんだ？」

「コボたろうのことはわからないけれど、私たちがレベルアップするときはステータスモノリスからだよ」

「わざわざ街に戻んなきゃいけないのか」

とはいえ、俺は採取と召喚による疲労《ひろう》、アッシマーはそれに加えて何回も開錠している。灯里だって今回の戦闘で治癒《ヒーリング》を合わせれば三回も魔法を使用している。顔には疲弊《ひへい》の色があった。コボたろうだって縦横無尽《じゅうおうむじん》の戦闘によるＳＰへの負担が半端《はんぱ》ない。どちらにせよ一度戻ったほうがよさそうだ。

アッシマーの開錠を待っていると、彼女《かのじょ》は慌てたような顔でこちらを振り返った。

「はわわわわ……！　なんかすごいレアが出ましたぁ……！　鑑定《かんてい》するまで詳《くわ》しいことはわかりませんが、木箱を開けたとき、すごい演出でしたぁ……！」

「マジか。だけどとりあえず袋《ふくろ》に仕舞《しま》って宿に戻ろうぜ。コボたろうが街に戻る前に消えちまう」

「私もそのほうがいいと思うな。ＭＰがあと魔法一回ぶんしかないから……」

「わかりましたぁ」

四人で手分けして後始末をし、早足で宿へと戻った。

見慣れた部屋にたどりついて荷物を下ろすと、コボたろうからは白い光が溢《あふ》れていた。

「がうっ」

「お疲《つか》れさんだったなコボたろう。ＭＰ回復したらまたすぐ召喚するからな。そしたら一《いっ》緒《しょ》にレベルアップしような」

「がうがうっ♪」

手を振る俺たち三人に跪《ひざまず》き、その格好のまま消えてゆく。この瞬間《しゅんかん》はいつも寂《さび》しい。

「コボたろう、頼《たよ》れるし本当にかわいいね。くすくす……藤間くんにとっても懐《なつ》いてる」

「そうなんだよ……。かわいくて仕方ないんだよ。目に入れても痛くないっていうのか？

あいつの成長が俺の生きがいだ……」

「藤間くんが二〇歳くらい老《ふ》けこんだ⁉」

遠い目をする俺と悲鳴をあげる灯里。

アッシマーはそんな様子にふふっと笑《え》みながら、以前リディアが持ってきた椅子《いす》を準備して灯里を座らせると、自分の革袋からおずおずと一本の杖を取り出した。

「あ、あのぅ……。たぶん、すごいの出ちゃったんですけど……。灯里さん、杖ってどのようなものをお使いになっているでしょうか……？」

「私？　これだよ」

灯里も自分の革袋から杖を取り出し、アッシマーの許可を得て作業台の上に置く。

ウッドスタッフ
ATK1.05（発動体◎）
（要：【杖LV1】【スタッフLV1】）

木製の簡素な両手杖ランク2。


ランク1のコモンシリーズのひとつ上、ウッドシリーズだ。

「スキルとお金が貯《た》まったら『カッパースタッフ』に乗り換《か》えるつもりなの」

カッパーシリーズはランク3。つくづく俺たちとの違いに気づかされる。

焦げ茶の長い杖はところどころ傷《いた》んでいて、ものを粗末《そまつ》にしないであろう灯里の苦労がにじみ出ているようだった。

「ATK1.05って書いてあるけど、コモンシリーズはたしか全部ATK1.00だったよな。ウッドシリーズは1.05なのか。ATKが上がると魔法の攻撃力《こうげきりょく》も上がるのか？」

「うん。発動体◎って書いてある武器は、魔法攻撃力《まほうこうげきりょく》もそのまま乗算されるみたい」

そう聞いて手元のコモンステッキに手を翳《かざ》すと、同じように発動体◎との記入があり、安心した。

「んでアッシマー、その杖は？」

灯里の杖とあまり変わらない木製の杖。でもそこはかとなくオーラのようなものを纏《まと》っているような気がする。

「あ、あの、私も見ていい？　私【鑑定ＬＶ２】のスキル持ってるから。………わぁぁ……！」

「はわわわわ……」

「え、なに。……うおっ」

灯里が手を翳すと杖の『？？？？？？？』に埋《う》め尽《つ》くされた説明ウィンドウが更新《こうしん》され、その内容に息を呑《の》む。

☆マジックボルト・アーチャー（ウッドスタッフ）
ＡＴＫ1.15　（発動体◎）
（要：【杖ＬＶ１】【スタッフＬＶ１】）

【攻撃魔法《こうげきまほう》（＋ＬＶ１）】【詠唱（＋ＬＶ１）】
ボルト系スキルの強化ＬＶ＋１　ボルト系スキルの消費ＭＰ減少＋１
ボルト系スキルのクールタイム減少＋10秒

両手杖ランク2、ウッドスタッフのユニーク。

ボルト系スキルを大幅《おおはば》に強化する。

何本もの魔法の矢を射出する姿は、もはや射手《アーチャー》である。


「ユニーク武器ってやつじゃねえか……！」

攻撃魔法を使わない俺でも強いとわかる。しかも火矢と落雷を扱《あつか》う灯里にはおあつらえ向きの武器じゃねえか。

「よかったな、灯里」

「えへへぇ……わたしもなんだか嬉《うれ》しいですっ」

「…………え？」

戸惑《とまど》う灯里を横目にアッシマーから他にめぼしいものはなかったか訊《き》くが、結果を聞いて肩《かた》を落とす。スキルブックの更新もなし。

灯里と一緒にいるときに倒《たお》した六体のコボルトから出た金は3シルバー96カッパー。三等分して1シルバー32カッパーをむりやり灯里に渡《わた》す。しかし灯里はそれも上の空で、

「あ、あのっ、ちょっと待って……。も、もしかして、この杖……くれ、るの？」

「もちろんですっ」

「むしろ俺たちじゃ使えないしな」

灯里は俺たちふたりに驚《おどろ》いたような顔を見せ、そうしてから視線を落とす。

「でも……パーティでレアアイテムを拾ったら、売ってお金に換えて全員で分配するものだって……望月《もちづき》くんと海野《うんの》くんが……」

「誰《だれ》だよそれ。……たしかにそういう分配方法もあるけど、そりゃほしいやつがいない場合や野良《のら》パーティの話だろ。それにお前らは、そんな分けかたをしてなかっただろ？」

「う……それは……」

以前、砂浜《すなはま》でコボルト三体を倒したとき、俺、アッシマー、灯里、祁答院、あと高木と鈴原がいたけど、各自がほしいものを持っていくという、じつにざっくりとした分配方法だった。

「灯里の話じゃ、あのとき俺がもらった【アイテムボックス】も売って金にしてなきゃおかしいだろ。……だからいいんだって」

「そうですよぅ。それに少なくとも今日一日、灯里さんはわたしたちの生命線ですからぁ、灯里さんが強くなれば、えへへへぇ……。へなちょこなわたしたちが強くなることになりますし」

「へなちょこ言うな。いや否定する材料なんてなにもねえけど」

自分で言ってて虚《むな》しくなってくるが、ともあれ灯里は白く細い腕《うで》を『☆マジックボルト・アーチャー』なる杖に伸《の》ばし、手に取った。

「ふたりともありがとう……。大事にする、ね」

灯里がとても嬉しそうに、心から大切そうに杖をぎゅっと抱《だ》きしめる姿を見て、どういうわけか照れくささのようなものを感じ、思わず灯里から視線を逸らした。

◆　◆　◆

スキル【☆召喚MP節約LV1】のおかげで随分と楽になった。ダンベンジリのオッサンから貰った『☆ワンポイント』によるスキルレベル上昇の効果も相まって、召喚に必要なMPは9から7に減少し、自然回復力が召喚疲労によるMPの減少を上回った気がする。

しかし俺の休《きゅう》憩《けい》時間が飛《ひ》躍《やく》的《てき》に短くなることはなかった。なぜなら、呪い【損害増幅《アンプリファイ・ダメージ》】を二度使用し、8ものMPを消費したからである。

俺がぐだぐだと休憩しているあいだ、アッシマーはいつもの調合。灯里はそれを興味深

げに観察していた。

ＭＰが全快し、コボたろうを召喚してしばらく経過した頃《ころ》。

「足柄山さん、エペ草なんだけど、六枚は残しておいたほうがいいよ」

「ふぇ？　なんでですかぁ？」

「ＬＶ１からＬＶ２にレベルアップするとき、10カッパーとコボルトの槍、あとエペ草が二枚必要なの。だから残しておいたほうがいいかなって」

うっわ、たしか祁答院あたりがそんな面倒《めんどう》くさいことを言ってたわ。レベルアップには経験値だけじゃなくて、金も素材もいるって話だったな。どんなシステムだよ。

「ならここで調合終わりですっ。えへへ……薬草が四四枚もできちゃいましたぁ」

アッシマーが大きく息を吐《は》き、微笑《ほほえ》んだ。

昨日までの俺ならば、アッシマーの成長にまたもや焦《あせ》りを覚えていたことだろう。

いや、無論焦りはある。昨日俺がすてずに取り込《こ》んだ一五年間の俺は『おい大丈夫《だいじょうぶ》かよ』と囁《ささや》きかけてくる。

そんな俺を追い払《はら》うでもなく、受け入れたうえでそう言ってきかせる。

――大丈夫だ。焦らなくていいんだよ。

何回でも、何度でも、言ってきかせてやる。こんな俺も、こんな『俺』も、すてないでくれた人がいるんだって。

「どんどん稼げるようになっていくな。ビンの在庫は？」

「五〇本くらいありますから、次は砂浜でも、もう一回草原でもいいですよぅ？」

「なら砂浜にしとくか。アッシマーはどうする？　薬湯の調合してるか？」

「いきますっ。わたしがいないと誰が木箱の開錠をするんですかっ」

そういやそうだった。灯里がいてモンスターを倒すことができるぶん、アッシマーが居ないと木箱が開けられないという悲惨《ひさん》な結果になる。

いまふと思ったんだが、このパーティって相当バランス良くね？

俺が召喚するコボたろうが前衛戦士。灯里が後衛のマジックユーザー。アッシマーが高精度の開錠、しかも報酬《ほうしゅう》が二倍以上になるスキル持ち。

で、俺が呪《のろ》い。やだ呪いの存在感だけ禍々《まがまが》しすぎて主人公を食ってる悪役の風格さえ感じる。

誰の目にも明らかな強化すべき点は、俺とアッシマーの戦闘《せんとう》能力なんだよなぁ……。どうすっかなぁ……。

「そういえば三人ともレベルアップしたかな？」

灯里が首を傾《かし》げ、俺はそういえばしていなかったな、と立ち上がる。

ステータスモノリスに触《ふ》れると、下のほうにレベルアップの項目《こうもく》があった。

《レベルアップ可能》

藤間透
LV1↓LV2　EXP　7／7↓0／14

要：10カッパー
コボルトの槍
エペ草×2

「必要なものを手に持つか、革袋《かわぶくろ》に担《かつ》いだ状態でステータスモノリスに触れると、素材とお金を消費して自動的にレベルアップするんだよ」

「へぇ。コボたろう、槍を一本貰っていいか？　あとはエペ草を……うおっ」

足元から頭のてっぺんまで駆け抜《ぬ》ける熱。ステータスモノリスに触れたままエペ草を手に取った俺は、白い光とともに『自分の身体《からだ》になんらかの変化』があったことを理解した。

「おめでとう藤間くん」

「え。レベルアップってこんだけ？　終わり？」

レベルアップしたときってファンファーレが鳴ったり、ぐいぐいぐい！　って感じの効果音がなるもんじゃないの？

「はわっ……。ちょっとびっくりしますねレベルアップ……」

「がうっ！」

「足柄山さんもコボたろうもおめでとう」

無事ふたりともレベルアップが完了《かんりょう》したらしい。ちなみにコボたろうも俺たちと同じだけの素材が必要なようだ。召喚士大変だなこれ。

《レベルアップ》

藤間透　☆転生数0　ＬＶ2／5（＋1）　ＥＸＰ　0／14

▼――HP11／11（＋1）基本HP10×1.1＝11
▼――SP14／14（＋1）基本SP10×1.1＝11
【SPLV2】×1.2【技力LV1】×1.1
▼――MP12／12（＋1）基本MP10×1.1＝11
【MPLV1】×1.1

足柄山沁子《しみこ》　☆転生数0　LV2／5（＋1）　EXP　0／14
▼――HP8／8（＋1）基本HP7×1.1＝7.7
【HPLV1】×1.1
▼――SP19／19（＋1）基本SP15×1.1＝16.5
【SPLV2】×1.2
▼――MP9／9（＋1）基本MP8×1.1＝8.8
【MPLV1】×1.1

コボたろう（マイナーコボルト）　☆転生数0　LV2／5（＋1）　EXP　0／6
スキルスロット数1→2（＋1）

▼――ＨＰ16／16（＋1）　基本ＨＰ15×1.1＝16.5
▼――ＳＰ11／11（＋1）　基本ＳＰ10×1.1＝11
▼――ＭＰ2／2（＋0）　基本ＭＰ2×1.1＝2.2

「数値的にはあんまり変わった気がしないな」

俺とアッシマーは全能力が1ずつ、コボたろうにいたってはＨＰとＳＰしか伸びていない。

「この書きかただと、全部の能力が一割上昇した感じですかねぇ」

「うん。レベルアップするたびに『基本能力』に10％の補正がかかるみたいだよ。私たちもみんなそうだったから」

「つーことは、レベルが上がれば上がるほどレベルアップの恩恵《おんけい》が大きくなるパターンのシステムだな。理解した」

「そうみたいですねぇ」

「うん？」

足し算じゃなくて掛《か》け算《ざん》で能力が上昇するならば、低レベルでの能力上昇のしょぼさも納得《なっとく》できる。多少メタい考えかたに、アッシマーは頷《うなず》いて応えた。自称《じしょう》ゲーマー（にわか）の灯里にはよくわからないようだった。

今回のレベルアップでいちばん大きいのは、やはりなんといってもコボたろうの『スキルスロット＋１』だ。

「コボたろう、もうスキルをふたつ同時にセットできるのか？」

問うと、コボたろうは目を瞑《つぶ》り、

《コボたろうが【槍ＬＶ１】【防御ＬＶ１】をセット》

「がうっ！」

見事にふたつのスキルを同時に選択《せんたく》してみせた。

「おー……素晴《すば》らしい。よーしよしよしコボたろう、スキルブックショップに行こう。好きなだけ買ってやるからな」

「がうがう♪」

コボたろうと一緒にうきうきしながら部屋を出ようとすると、

「あ、ま、待って……！」

「置いていかないでくださいよぅ……！」

ふたりが慌《あわ》てた様子でついてきた。

「藤間くんのコボたろうに対する愛情、すごいね……」

「そうなんですよぅ……。わたしも同じ部屋にいるのに、毎日イチャコライチャコラ……」

階段を下りる際にふたりの密《ひそ》やかな声が耳に入り、俺は頭をがりがりと掻《か》いた。

……俺は召喚士《しょうかんし》だ。

召喚モンスターが大好きで何が悪い。

◆　◆　◆

部屋には甘《あま》くもあり、爽やかでもあり、どうにも居心地《いごこち》の悪い匂いが充満《じゅうまん》している。

いや、決して臭《くさ》いわけじゃないんだ。いい匂いなんだよ。じゃあなんでこんなに居心地が悪いのかというと、

「そうなんですか？　足柄山さんはどう思う？」

「わたしの場合スキルが特殊《とくしゅ》ですから……。でも、えへへぇ……そういうのもいいですねぇ……」

「アッシマーは無理せずしばらくいまのままでいい。伶奈《れな》はレベルアップをかさねてはやく転生すべき」

俺とアッシマーの二人部屋に女子が三人、男ひとり。

アッシマーはともかく、灯里もリディアもいい匂いなんだって。そんでアッシマーほど見慣れた顔ってわけじゃないから、どうにも居心地が悪い。

それはなにかを期待するとかそういうことじゃなくて、なんつーかもう、女子が集まるとそれだけで怖《こわ》い。祁答院とかよく平気だわマジで。

「……」

藤間透　☆転生数0
LV　2／5　EXP　0／14
HP　11／11　SP　5／14　MP　3／12

リディアが来てから九回目のステータスモノリスへの接触《せっしょく》は、俺がまだコボたろうを召喚できないことを教えてくれた。

「………………」

「透、さっきからしきりにステータスを気にしてどうしたの」

「あ、いやや、なんでもねえ」

一〇回目のタッチも虚しく、MPはまったく回復していなかった。

くすん。早く来てくれ、コボたろう。

ここは俺の一〇八ある陰《いん》キャスキルのうちのひとつ……【闇《やみ》に溶《と》けこむ】を使うしかないか？　いやいまはまだぎりぎり午前中だから溶けこむべき闇がない。ならば【空気と同化する】か……？　いやここはむしろ最終奥義《おうぎ》【寝《ね》たふり】で…………。

「そういうわけだから、これからあらためてよろしく透」

「……あ？　えっと悪い、聞いてなかった」

いつの間にか陰キャスキル【意識遮断《しゃだん》】が発動していたらしい。改めてアッシマーのベッドに座るリディアに顔を向けると、

「アッシマーと透がこれからもいっしょでよかった。こんごともよろしく」

真面目な顔で頭を下げてきた。

「ぬあ……い、いや、こちらこそ迷惑《めいわく》かけてすまんかったな」

「きょうからわたしもここに住むから」

「ああ、こちらこそよろしく頼《たの》むわ。リディアが居てくんないとこっちも買い手が……。

……？　いまなんて言った？」

「きょうからわたしもここに住む。だから改めてよろしく」

ぬぼーっとしたアイスブルーと目を合わせたまま俺は固まってしまう。

いや、意味わからん。アッシマーがぼそりと「ノリツッコミのキレわるっ……」と呟いたので、睨《にら》んでやったら「ひうっ」と身をよじらせた。

「ここってこの部屋ってことじゃないよな？」

「あ、当たり前だよっ！」

「藤間くんなに言ってるんですか⁉　この万年ド変態！　歩くホモモ草！」

「なんで灯里が怒《おこ》ってんだよ……。あとアッシマー、お前あとでマジ覚えとけよ」

くそっ、誰が歩くホモモ草だよ歩く片側陥没乳首《かんぼつちくび》。いやまあその……べつにきらいじゃないけどね？

「そ、それでね？　じつは私もこの宿屋にお世話になろうと思ってて……。この部屋の隣《となり》が二人部屋なんだけど、そこでリディアさんと一緒に住もうかなって……」

「はあぁぁあああ？　なんで灯里まで……。もしかしてパリピ連中全員こっち来るとか言うんじゃねえだろうな」

そういや以前、灯里が女将《おかみ》にこの宿のことで質問してたことがあったっけな。べつにこいつだけなら特に害はなさそうだけど……。

「パリ……？」

「いやお前らいつも六人で仲良しこよしだろ。全員こっちに来るんなら俺が引っ越《こ》すぞ」

「う……。大丈夫。それはたぶん、私だけ……」

「高木とか鈴原と同じ部屋に住んでるんだろ？　いいのかよ」

「じつはもう、亜沙美ちゃんと香菜ちゃん、あと祁答院くんには伝えてあるの。それでその、じつはね？　今日藤間くんと足柄山さんと行動してるのも亜沙美ちゃんから言い出したことで……」

「は？　お前ら喧嘩《けんか》でもしたのか？」

高木がなんでそんなことを言い出すんだ？　学校では普通《ふつう》だったような気がするけどな……。放課後に行ったらしいカラオケでなにかあったのだろうか。

「ううん、そんなのじゃないの。う……やっぱり、迷惑、かな？」

「べつに迷惑とかそんなんじゃねえ。ただ……もうこの際ぶっちゃけるけど、お前とか祁答院、高木と鈴原は平気だけど、もうふたりいるだろ。あいつらまで来るんなら俺はアッシマー連れて引っ越すから」

「え……」

「は、はわ、はわわわわ……」

悪いが俺はかつて釈迦《しゃか》のように人身御供《ひとみごくう》になってはきたものの、釈迦のように善人なわけじゃない。そもそも俺は、善人なんかじゃない。俺にだって許せないことはある。

『うわキモ……』

『汚え、ホームレスかよ』

『あいつは採取かよ。楽でいいよなー』

『悠真、そんなやつと話したら格落ちるってー』

……はて。

イケメンBCが俺に言い放った罵詈雑言《ばりぞうごん》を思い出しても、大してイラつかない。

――ああ。やはり、そうなのだ。あいつらを許せない理由は――

『あれ、藤間のやつ、女に採取させて休憩してね？』

『でもアレ地味子だろ。ならいいわー』

『だよなー。ほかの女だったら殴《なぐ》ってたわー』

これに尽きるのだ。

「あ、あの、藤間くん……？」

「んあ、わ、わりぃ」

アッシマーに視線をやりながらあの会話を思い出したから、アッシマーからすれば俺に睨まれた気分だっただろう。すぐに目を逸《そ》らす。

「そもそも俺の許可なんていらねえんだから、好きにすりゃいいだろ。ただあのふたりが住んだり入り浸《びた》ったり、アッシマーを無理やりパーティに入れようとするなら俺はアッシマーを連れて他所《よそ》に行く」

灯里は唖然《あぜん》と俺を見やり、リディアは相変わらずぬぼっとしている。

当のアッシマーは赤くなって汗《あせ》を飛ばしていた。

藤間透　☆転生数0

LV　2／5　EXP　0／14

HP　11／11　SP　7／14　MP　5／12

気まずい空気のなか行なった二一回目のタッチは、俺《おれ》に絶望しか与《あた》えなかった。

「もう一回、よく話し合ってくる、ね。私はできることならここに住みたいと思ってるの。リディアさんも、足柄山さんも、ふ、藤間くんも……や、優しい、から」

灯里がここに住むかどうかという話はひとまずそんな感じに落ち着いた。

それにしても、灯里の判断基準がわからない。鈴原はよくわからんけど高木は友達《ともだち》思いな感じがするし、祁答院なんて半分くらい優しさでできてるだろ。バ〇ァリン祁答院だろ。

アッシマーやリディアはともかく、俺はチンピラから灯里を助けて以降、すこしでも灯里に優しさを見せたことがあったのだろうか。

……まあぶっちゃけ、俺も薄々《うすうす》は気付いてる。

数日前の体育の授業で祁答院が俺を庇《かば》ってから、こいつら六人のあいだにひびができたって。それが原因で灯里がこうしてここにやってきてるんじゃないかって。

しかしパリピのもつ驚異的《きょういてき》な修復能力で、それも修繕《しゅうぜん》されたものだと思っていたけど、こないだ鈴原と偶然《ぐうぜん》出くわしたとき、あるいはスタバで高木が言っていたように、こいつらのあいだには温度差が生じている。

さしもの俺だって、パリピのうち、祁答院、灯里、高木、鈴原の四人はいいやつなんじゃないかって思ってる。だからもしかすると、イケメンBCも距離《きょり》が縮まれば、いいやつの可能性だってなくもない。

でもやはりあの俺を見下す目が、アッシマーを蔑《さげす》む言葉が、モンスターに対する暴虐《ぼうぎゃく》が——俺と相容《あいい》れることは絶対にない、と音もなく雄弁《ゆうべん》に語るのだ。

だから、逆に問いたい。

祁答院とか灯里とか、高木とか鈴原が——あんなやつらのどこがよくて友達なんてやってんのかと。


「おらぁっ！」

「は、は、ほわあああああっ！」

「グルゥゥ……！」

格好だけで杖《つえ》を振《ふ》り回す俺、へっぴり腰《ごし》で盾《たて》を突《つ》き出して殴り掛かるふりをするアッシマー。目の前のコボルトは忌々《いまいま》しげに俺たちに獰猛《どうもう》な視線を向ける。そんなコボルトの後ろから——

《コボたろうが【攻撃《こうげき》ＬＶ１】【槍《やり》ＬＶ１】をセット》

「がうっ！」

「ギャアァァアッ！」

すでに一体を仕留めたコボたろうが突きかかり、コボルトを木箱に変えた。

「これで終わらせるっ……！　落雷《サンダーボルト》っ！」

《戦闘終了《せんとうしゅうりょう》》

《２経験値を獲得《かくとく》》

雷鳴《らいめい》とともに、メッセージウィンドウが戦闘の終わりを告げた。

「せ、セーーーーフ……！」

「ひんひん、怖かったですぅ……」

いつものように、その場にへなへなと崩《くず》れ落ちるふたり。毎度のことながら情けない。

しかし三体のマイナーコボルトに対し、その一体を俺とアッシマーのふたりがかりで抑《おさ》え込むことに成功した。これは大きな一歩だ。

「それにしてもアッシマー……お前『ほわあああっ！』って……その掛け声なんとかならんの？」

「し、仕方ないですよぅ！　怖かったんですから……！」

びっくりするし、なによりやられたんじゃないかと不安になるんだって。

「灯里、一回の戦闘で魔法《まほう》を二発もぶっぱなしてもらってるが……MP大丈夫なのか？」

「うんっ！　ふたりからもらったこの杖、本当に凄《すご》い……！」

灯里は嬉しそうにウッドスタッフのユニーク『☆マジックボルト・アーチャー』を翳してみせる。

コボたろうを含めた四人で手に入れたものだから、ふたりから貰《もら》ったってのはなんか違《ちが》うんだけど……。ともかく、いまの杖は前の杖と比べ、火力が増えるうえに消費MPも１減少するんだったか。なるほど、そのおかげで灯里の負担は少なくなったようだ。

「コボたろうも調子いい感じだな」

「がうっ！」

コボたろうは新規スキル【戦闘ＬＶ１】【攻撃ＬＶ１】【採取ＬＶ１】【警戒《けいかい》ＬＶ１】【気配ＬＶ１】を習得していた。

攻《せ》めるときは【攻撃ＬＶ１】と【槍ＬＶ１】をセットして、防御《ぼうぎょ》や牽制《けんせい》のときは【防御ＬＶ１】と【戦闘ＬＶ１】をセットする。

戦闘が終了《しゅうりょう》し、アッシマーが開錠《かいじょう》しているあいだは、

《コボたろうが【警戒ＬＶ１】【気配ＬＶ１】をセット》

こうして周囲を警戒しながら自身のＨＰやＳＰの回復に努め、それが終わると、

《コボたろうが【器用ＬＶ１】【採取ＬＶ１】をセット》

足元に視線を落とし、かがみこんで採取を開始する。

「コボたろうは本当に賢《かしこ》いですねぇ……」

「そのうえ一生懸命《いっしょうけんめい》だしな。……はぁぁ…………可愛《かわい》いよなぁ」

採取をするときの真剣《しんけん》な目がまた可愛いんだ。

《採取結果》

20回
採取ＬＶ１↓×1.1
22ポイント　←

判定↓Ｅ

「がうっ♪」

そして採取に成功して俺に振り向いたときの嬉しそうな顔。

「おー、エペ草も成功できるようになったのか。すごいぞコボたろう」

頭を撫《な》でてやると、

「くぅーん……」

垂れ気味の耳を揺《ゆ》らすところがまた、たまらないんだ。

「ま、負けないっ……！」

灯里が闘争心《とうそうしん》を燃やして採取に取りかかる。

なるほど、エペ草の採取で失敗こそしなくなったものの、30ポイントのD判定には届かない灯里としては、どちらもE判定ということでエペ草の採取量がコボたろうと並んだのが悔《くや》しいんだろう。案外負けずぎらいなんだな。

「アッシマー、報酬でかさばるものがあったらアイテムボックスに仕舞《しま》うぞ」

「ありがとうございますっ。じゃあいつものようにコボルトの槍を三本お願いしますっ」

一本ずつコボルトの槍を掴《つか》み、アイテムボックスへ収納してゆく。

ちなみにこのアイテムボックスなんだが、リディアの話によれば、やはりアッシマーの言うとおり〝魔法〟で、収納数や重さによってＭＰをすこしずつ消費しているらしい。

ならば万年ＭＰ不足のうちは使わないほうがいいかとも思ったんだが、

『ＭＰを使い続けたほうがＭＰ関連のスキルを習得しやすい』

リディアにそう言われたため、積極的に使っているのだ。無論、無理はしないように何度も釘《くぎ》をさされたが。

「……なんだよこの【イカ釣《づ》りＬＶ１】ってスキルブック……」

「ココナさんは喜んでくれるかもですよぅ？」

ほんとドロップするスキルブックの種類が豊富すぎてつらい。ニッチなスキルが多すぎるせいで、実用的なスキルブックのドロップ率が低下している気がする。

なにが悔しいって【イカ釣りＬＶ１】も【反復横跳《よこと》びＬＶ１】も【遠泳ＬＶ１】も、俺が習得可能だったところなんだよ。欲《ほ》しいのはそこじゃねえよ。

「よいしょ、よいしょ……」

「いちいちあざとい声出さんでいいっての。……ほらそっちのブーツもよこせ」

「ありがとうですっ。……って！　あざとくないですよぅ！　素ですよ素！」

「素だったら余計怖いわ」

同い年に素で『よいしょ、よいしょ』とか『はわわわわ』とか言ってるやつがいたら怖いっつーか心配になるっつの。幼女に転生してからこい。

《採取結果》

36回

採取LV3→×1.3

草原採取LV1→×1.1

←

51ポイント

判定→B

エペ草×3

ホモモ草を獲得

―――

「あれ、Ｂ判定が出ちまった」

召喚中は無理しないよう、力のコントロールも慣れたものだと思ったが、思ったより調子が良くて力を抜いてもＢ判定が出てしまった。

「もっと楽にやっていいってことか」

Ｂ判定でとれるホモモ草の有効的な使い道を見つけられていない以上、コンスタントにＣ判定でエペ草を三枚採取したほうがずっといい。

―――

《採取結果》

―――

35回

採取ＬＶ3→×1.3

草原採取ＬＶ1→×1.1

←

50ポイント

判定↓B
エペ草×3
ホモモ草を獲得

「あれ？」

「藤間くん、どうしたの？」

同じタイミングで採取を終えた灯里が手ぬぐいで汗を拭《ぬぐ》いながら近づいてくる。

「ああいや、なんつーかさっきから力の加減がわかんないんだよな」

さっきから、やたらと調子がいい。もしかしてレベルアップすることで、戦闘だけではなく、採取もやりやすくなったのだろうか。

「それ……もしかして、ホモモ草？」

灯里は俺の右手にある淫靡《いんび》なフォルムに視線を落とす。

「ん？　ああ。知ってんのか？」

「はわわ……灯里さんがホモモ草に興味津々《きょうみしんしん》ですぅ……」

　あいつマジで黙《だま》ってろ。

「うん……じつは、ＬＶ３からＬＶ４にレベルアップするときに一本必要なの。お店で買おうかなって考えてたんだけど……」

「ホモモ草が？　へえ、使い道があったんだな。……ほれ、よかったら」

「ほ、ほんとう？　ほ、ほしい、な……」

「はわわわわ……灯里さんが上目遣《うわめづか》いで藤間くんのホモモ草を欲しがってますぅ……」

「おうコラヤマシミコ。お前いい加減にしとけよ顔面も陥没《かんぼつ》させてやろうかアホンダラ」

「あ、ああーーーーっ！　い、言いました！　言いましたね!?　人が気にしてることをふたつも！　……ふぇ……ふえぇぇぇん……」

「足柄山さん!?　ふ、藤間くん、だめだよ。女の子にひどいこと言ったら……」

「なにこの理不尽《りふじん》」

　たぶん灯里は気づいていないと思うけど、アッシマーのほうが相当ひどいこと言ってるからね？　つーか気にしてることふたつって、ヤマシミコって呼びかた、そんなに気にしてたのかよ。

3　サシャ雑木林

午後二時。宿に戻《もど》ると、隣の部屋ではすでにリディアが荷物を運び終えていた。様子を見にきた女将までもが部屋にいて、

「202号室は作業台もストレージボックスもステータスモノリスも置いていないぶん広いんだよ」

そんなことを言っていたんだけど、とてもそうは見えなかった。

「ふわぁ……すごいですっ！　藤間くん藤間くん、わたしたちの部屋の作業台より立派ですっ！」

「高そうな本棚《ほんだな》には本がぎっしり……。大きなクローゼットには服がいっぱい……。いいなぁ……」

アッシマーと灯里が嘆息《たんそく》するように、202号室にはすでに俺たちの部屋――201号室よりもはるかに立派な設備が整えられていた。むしろそのぶんほんの少し俺たちの部屋よりも手狭《てぜま》に感じる。

「これはぜんぶ私物」

　そりゃまあそうだよな。これが宿の備品ならば俺たちの部屋との格差がひどすぎる。

「はぁぁ……ただものじゃないとは思ってたけど、ステータスモノリスとこんなに立派な作業台まで持ってくるとは恐《おそ》れ入ったよ。そのストレージも自前かい？　ランクは？」

「14」

「ひぇぇ……。リディアちゃんは王族か貴族なんじゃないのかい？　上級冒険者《ぼうけんしゃ》の風体《ふうてい》をしてるけど、こんなボロ宿に泊《と》まっていい人じゃないんじゃない？」

　ストレージボックスのランクが14というのはそんなに凄いのだろうか。ちなみに俺たちの部屋に備え付けられているストレージボックスのレベルは2だった。レベルが上がるとアイテムボックスみたいに容量が増えるみたいなんだが、底辺冒険者の俺たちは容量の小ささで困ったことはないし、まだそんな予感すらしない。

「わたしはただの冒険者。……エリーゼ、これからよろしく」

　リディアの『エリーゼ』という声に女将が反応した。女将ってそんな女性らしい名前だったのか。もっとこう、めっちゃ強くてヤバいくらい身内を溺愛《できあい》してる名前かと思った。ド○キーコングかよ。

「あいよ、こっちこそね。困ったことがあったら呼んでおくれよ。……そういえばリディアちゃんは素泊《すど》まりでいいのかい？」

「ん。ごはん、あるの」

「あるよ。その場合一日50カッパーが上乗せされるから、あんちゃんとアッシマーちゃんは食べてないけどね。ちなみに朝七時と夜七時の二食ね。味と量は保証するよ」

「ほんとう。じゃああしたの朝からおねがい」

「おっ、うれしいねー。何人ぶんつくっても手間は一緒《いっしょ》だからありがたいよ。…………で？」

女将が急に俺たち……むしろ俺に切れ長の目を向けた。

まあようするに、こういうことだよな。

『あんたらはご飯どうするのさ？　もちろんそろそろここで食うよね？』

いや、俺だって毎食10カッパーのうまくもない黒パンをガリガリやってるわけだから、さすがに飽《あ》きてきたというか、つらくなってきた。

……でも、食えないことはないのだ。

どういうことかというと、俺は食にこだわりがなくて、安心して食えるものが一番だという考えを持っている。

だから現実でもある程度決まったものしか食わない。冒険《ぼうけん》なんてしない。現実でもだいたいスティックパンだし、おにぎりは鮭《さけ》か梅かシーチキンって決めてる。カップラーメン

だってシーフードしか食わない。

そんな俺からすれば、異世界のメシってなんか怖くね？　ってことなんだよ。シチューのクリームは本当に牛乳から出来ているのか？　なんかモンスターの気持ち悪い白い液体でも使ってるんじゃないの？　この肉、本当に豚《ぶた》？　じつはオークを解体しましたとか言わないだろうな？

そんな感じで訝《いぶか》ってしまう。異世界なんてきっと、なんでもありだ。

俺はめちゃくちゃ美味《うま》いものを食べたり、味の新発見をしたいわけじゃない。安心して食いたいんだ。だから俺は黒パンでいい。

「はぁぁ……さすが石橋を叩《たた》いて渡《わた》らない藤間くんですねぇ……」

「お前そのフレーズ好きだな。っていうか、いま俺なにも喋《しゃべ》ってないんだけど」

「顔に出てますもん、見ればわかりますよぅ」

「どんな顔だよ」

ともあれ、なにが出てくるかわからないメシは怖い。どうやって断るか……。やっぱり金がないから、ってのが一番か。

「ココナから聞いてるよ。あんたら、ずいぶん金持ちだって」

「いやだから喋る前に脳内読むのやめてくださいよ」

怖いよ。断る前に先回りして逃《に》げ道《みち》を塞《ふさ》ぐのは勘弁《かんべん》してほしい。

「そんなことしちゃいないよ。顔にかいてあるからね」

「だからどんな顔なんだっつの……」

げんなりしながらそう言うと、女将は「こんな顔だよ、こーんな」と眉間《みけん》に皺《しわ》を寄せ、目を細めて睨みつけてくる。

勝ち気な瞳《ひとみ》が美しい女将が、いまは全然可愛くない。この女将が可愛くなくなるってことは、俺の顔、相当可愛くないいんじゃないの？

退路を断《た》たれた俺はアッシマーに救いの手を求める。

一週間も一緒にいるんだ。そろそろ阿吽《あうん》の呼吸が身についているはずだろう。

「アッシマー、どう思う」

（アッシマー、うまく断れ）

「はいっ、わたしはここのごはんが食べたいですっ」

（はいっ、わたしはここのごはんが食べたいですっ）

「赤裸々《せきらら》か!!」

うまいこと変換《へんかん》アダプタを使うどころか、銀みたいに電気《よくぼう》を通しまくってるじゃねぇか！

「よしよし、なら決まりね。明日からリディアちゃんは宿代合わせて一日80カッパー、あんちゃんとアッシマーちゃんはふたりあわせて一日1シルバー30カッパーよろしくね。伶奈ちゃんも住むなら早めに言ってね」

女将はほくほく顔で階下へと戻っていった。

…………。

エリーゼとココナの母子は似てるところなんて耳くらいしかないと思ってたけど、金への執着《しゅうちゃく》はそっくりだ。

「透、ちょっといい」

冷《ひ》や汗を垂らす俺に、リディアから声がかけられた。

「これからマンドレイクをとりにいく。透にもきてほしい」

急な誘《さそ》い。俺たちは顔を見合わせる。

「俺？　とれるのか？」

「エペ草でB判定がとれるならたぶんだいじょうぶ。モンスターはわたしがけちらす。……どう」

ちょこちょこ話を聞いた感じだと、リディアは相当強いらしいから、場所は危険でもリディアがいてくれれば俺たちが草原とか砂浜《すなはま》で採取するよりもきっと安全なんだろう。

「周りでエペ草とかもとれるか？　難しいもんしかないんだったら、アッシマーと灯里とコボたろうの手が空いちまう」

アッシマーや灯里は別行動でも構わないが、コボたろうは召喚の都合上、俺との距離があまりにも離《はな》れてしまうと消えてしまうらしいから、必然的に俺の近くにいるしかないのだ。

「エペ草。あるけど。……コボたろうがエペ草を採取できるの」

「できるぞ。な、コボたろう」

「がうっ！」

「ほんとうなの」

やはりリディアは召喚モンスターが採取をするということが信じられないみたいだ。

「リディアさん、本当ですよぅ……？」

「私も負けないように頑張《がんば》らなきゃ……」

アッシマーと灯里の言葉を聞いてもなお、可愛らしく首をこてんと傾《かし》げるのだった。

エシュメルデ南門を出て、南にある『サシャ雑木林』へ向かうため、いつものエペ草やライフハーブの採取スポットを通り過ぎる際——

「……よう」

「おっ、透！　ガハハハハ！　元気か？」

背が低く小太り。陽光煌《きら》めくスキンヘッドに、ふっさりと蓄《たくわ》えた白いあご髭《ひげ》。

ティニール――ダンベンジリのオッサンたちが数人で採取に勤《いそ》しんでいた。

「その、ありがとな。この『☆ワンポイント』ってブレスレット、すげぇ使わせてもらってる」

「いいってことよ！　ガハハハハ！　……それにしても坊主《ぼうず》。……お前、異世界勇者らしくなったなぁ……」

言葉だけならばすこし褒《ほ》められているのかと勘違《かんちが》いしそうなものだが、ダンベンジリのオッサンは俺の後ろにいる女性三人を見て息を呑《の》んでいるのだ。

ようするに彼《かれ》が〝異世界勇者らしい〟と言うのは――

「夜が捗《はかど》るなぁ坊主！　ガハハハハ！」

「お前ら脳内桃色《ももいろ》すぎるだろ」

どうやら異世界勇者もののお約束のひとつ、ハーレムのことらしかった。

ココナもアッシマーもオッサンもなんなの？　マジでなんなのこの異世界。桃色のファンタジーなの？　胸がきゅるるん♪　ってしちゃうの？

　はぁとため息をついて否定しながら、そういえばと思い出す。

「なあリディア、人数が増えても問題ないか？」

「べつにない。透にまかせる」

「灯里もアッシマーも構いやしないだろ」

「うんっ」

「お任せしますっ」

　コンセンサスを得たところでダンベンジリのオッサンを振り返り、

「前に言ってたろ。マンドレイクをとりに行きたいから護衛してくれ、って。いまからサシャ雑木林ってところに行くんだけど、よかったらオッサンもどうだ」

　俺がそう言うとオッサンは「それはありがたい……！」と驚《おどろ》いた顔を見せ、意気揚々《いきようよう》と立ち上がって背を向け、拳《こぶし》を突き上げる。

「皆《みな》のもの、透が南へ連れて行ってくれるぞ！」

　え、なに、まさかオッサン以外にも行きたいやついるの？　……そんな俺の不安をなんら意に介《かい》すことなく、周りで採取をしていた十人近くのティニールたちが一斉《いっせい》に立ち上がった。

「「「おおおおおっ！」」」

げえええお前ら何人いるんだよ！　一気に仲間呼んでんじゃねえよマドハ〇ドかよ！

「あ、いや、そんなに多いって聞いてねえ。……すまんリディア、なんかすげえ増えちまった」

「かまわない。なんにんいようとモンスターはすべてわたしがたおすから」

なんとも頼もしい言葉である。

「坊主よろしくの！　ワシはドンバンヒジ！」

「ワシはデンベンアシ！」

「ガハハハハ！　ワシはダンブンヒザ！」

しかもやばすぎる、俺たぶん、こいつらの名前、一生覚えられない。

せめて喋りかたや外見に特徴《とくちょう》があればわかりやすいんだが、みんな似たような感じ。八人ものティニールのなかで唯一《ゆいいつ》覚えられるのが、オンリーハゲのダンベンジリのオッサンだけだわ。

リディアを先頭に俺、コボたろう、灯里、アッシマー、そしてダンベンジリのオッサンを含《ふく》む八人のティニールという大パーティは、エシュメルデ草原を南下していた。

「あ、あう……」

「はわわ……」

これだけの大人数になり、灯里とアッシマーが小さくなっている——その一因は俺にある。

「やぁまぁを見ぃ～れぇば採取をし～」

「うぅみぃを見ぃ～てぇも採取をし～」

「「「ぁよいしょ！」」」

よいしょ！　じゃねえっての……。

高らかな歌、突き上げる拳、愉快《ゆかい》そうな表情。彼らの本質はどこまでも陽気なのか、さっきからずっとこんな感じだ。

「なあリディア、こんだけうるさかったらモンスターに見つかったりして危険なんじゃねえのか」

「へいき。周囲に気配はない。それにわたしはいま三体のサンダーバードを召喚《しょうかん》して、上空から警戒させている。このあたりのモンスターが彼らの目をかいくぐってわたしたちをおそうことはむしろ不可能」

見上げると、たしかに三羽の黄色い鳥が翼《つばさ》を羽ばたかせて青い空を旋回《せんかい》している。遠近がわからないせいで大きさはよくわからないが、なるほどあれがサンダーバードか。

「う～ちに帰って調合し～♪」

「い～ちに～ち終わ～ってあ～おる～酒～」

「「「エール！」」」「ウイスキー！」「ウォッカ！」

「歌うのはいいけど合いの手ちゃんと合わせてくんねえかな⁉　ウイスキーとウォッカのオッサン、我慢《がまん》してエールって言ってくんねえかな⁉」

つーかこの世界、エールもそうだけど、ウイスキーとかウォッカもあるんだな……。まあ異世界との交流が始まって長いらしいしな。酒のことはわかんないけど。

八人ものオッサンが俺たちを囲むようにして楽しげに歌っている。さぞかしむさ苦しくて汗臭《あせくさ》いイメージがあるだろう。

しかし、ティニールは違う。彼らは無類の綺麗好《きれいず》きで、さっきから爽《さわ》やかないい匂《にお》いが半端《はんぱ》ない。

「自信、なくすなぁ………」

灯里が落ちこむくらい、オッサンたちからいい匂いが漂《ただよ》っている。彼らが口を開くたび、爽やかなうえ上品ささえ感じられる薔薇《ばら》の香りが漂うのだ。なに、こいつら全員Y○SHIKIなの？　なに食ったらそうなるの？

「モンスターなんかこ～わく～ない～」

「そん～なワ～シら～がこ～わい～のは～」

「「「カミさん！」」」

「それどう考えても満場一致《まんじよういつち》したらヤバいやつだろ」

奥《おく》さんがいちばん怖《こわ》いとか大阪のオヤジかよ。現実もアルカディアも男女平等を訴《うつた》えすぎて女尊男卑《じよそんだんぴ》が進みすぎてるんじゃないの？

そうして放歌高吟《こうぎん》のなか、歩くこと一〇分ほど。

相変わらずの大平原だが草の背が高くなってきて、なるほど以前にちらりと聞いたとおり、脇《わき》に生える樹木の種類が変わってきた。ここまでは広葉樹しか見なかったのに、この辺りから針葉樹の姿も見かけるようになってきた。

「あの白樺《しらかば》みたいな木の下にある採取スポットでマンドレイクがとれるのか？」

「そう。でもこの辺りはとれる量がすくない。もうすぐ目的地につく」

騒々《そうぞう》しい一行が進むことさらに五分。

「ついた」

「着いたって……ぇぇ…………」

そこにあったのは雑木林というよりも、三本の木だった。

正面に広葉樹。左右に白樺の針葉樹。その雑木三本に囲まれるようにして、土でできた地下への階段が俺たちを呑《の》み込《こ》もうと、深い闇《やみ》を湛《たた》えている……。

え、なに？　雑木林なんでしょ？　なんでリディアは地下への階段を指さしているんだ？

「サシャ雑木林って、ダンジョンだったんだ……」

灯里が階段の奥にある深淵《しんえん》を見つめながら、木製の杖――『☆マジックボルト・アーチャー』を握《にぎ》りなおす。

「そう、ダンジョン。でもへいき。よわいモンスターしかいないから」

「いやたぶん俺たち、リディアから見て弱いモンスターでもあっという間にやられるぞ」

「いったはず。モンスターはわたしがけちらすと」

リディアが白く細く美しい手を掲《かか》げると、上空を舞《ま》っていた三羽のサンダーバードが黄金の翼を羽ばたかせて一斉に下りてきた。

距離が遠くてわからなかったが、降り立った三羽はどれも体高3メートルはあろう巨体《きょたい》。

実家のインコとは違う鋭《するど》い目。金色に煌めく長いくちばし。黄色の体毛の上を電流が迸《ほとばし》っていて、まるで電撃《でんげき》の鎧《よろい》のようなオーラを纏《まと》っている。

「おつかれさま。かえりみちもよろしく」

リディアのそのひとことだけで、サンダーバードたちは白い光に包まれて消えてゆく。

そして――

「きて。リアムレアム」

いつの間に持っていたのか、派手な装飾《そうしょく》がたくさんついた銀杖を灯里のように水平に構えたリディアは、勢いよく突き出た女性の象徴《しょうちょう》の前に魔《ま》法陣《ほうじん》を出現させる。

集まる白い光。収束する純白の煌めき。

――すげえ。

俺《おれ》がコボたろうを召喚するのとはスケールが違う。みなが眩《まぶ》しさに目を逸《そ》らすなか、俺はむしろ釘づけだった。

美しすぎるリディア。そして、美しすぎる輝《かがや》き。俺の胸を高鳴らせるものは、リディアの力に重ね合わせた俺の可能性だった。

これが少年漫画《まんが》なら、俺はリディアを師と呼び、傍《そば》にはべろうとするだろう。

しかし残念、俺はただの陰《いん》キャ。だから、そんなことはしない。

そのかわり、目に焼き付ける。

俺より格上の召喚を。俺が追いつくべき召喚の姿を。

……そして、俺が追い抜《ぬ》くべき召喚の光景を。

召喚士が陰キャで何が悪い。

こんな近くで高位の召喚を見られる機会なんて、そうそうないだろっ……！

燦然《さんぜん》たる煌めきをほんのわずかも見逃《みのが》すことなく見つめていたその先には――

「うお……っ……！」

それを形容する言葉なんていくらでも思いつく。

しかし俺はまず、美しい――そう思った。

リディアと同じ白銀の毛並みはふっさりとしていて、美しすぎるアイスブルーの瞳――。

こちらはリディアとは違い、ぬぼーっとしておらず鈍《どん》くさくもない。獰猛《どうもう》そうな体躯《たいく》には似つかわしくない清廉《せいれん》な眼差《まなざ》しをこちらへ向けている。

――狼《おおかみ》だ。体長2メートルを超《こ》える、大きな銀狼だ。

「ダイアウルフのリアムレアム。等級《ランク》は女帝《エンプレス》」

汚《けが》れを知らないような目をしていながら、ふっさりした銀毛に覆《おお》われた体躯はしなやかで、銀に煌めく爪《つめ》と牙《きば》はどうしようもなく獰猛だ。

俺はこんなにも美しい野性を、いまだかつて見たことがない。

「リアムレアム。命令。ここにいる全員をまもっ……て、……透」

気づけば俺の足が前に出ていた。

ティニールもコボたろうもアッシマーも灯里も、銀狼リアムレアムの登場に腰《こし》を抜かしているなか、俺は彼女に近づいてゆく。

召喚された瞬間《しゅんかん》から、目があっていた。俺たちふたりはきっと、互《たが》いのほかになにも見えていなかった。

「透、あぶない……っ……」

「なに言ってんだ。危ないわけないだろ。……こんなに可愛いのに」

俺がそう返したとき、リディアの制止の声はすでに驚きへと変わっていた。

俺は銀狼の頭を撫でながら、膝《ひざ》をついて目線の高さを合わせる。

「リアムレアムっていうのか。お前に相応《ふさわ》しい——強そうで美しくて、どこか可愛いところがある名前だな」

「くぅーん……」

驚愕《きょうがく》の表情を浮《う》かべるリディア。唖然《あぜん》とする灯里とアッシマー、そしてティニールたち。

そんななか、俺はリアムレアムにぺろぺろと頬《ほお》を舐《な》められていた。

「うっお、お前マジで可愛いな。うり、うりうり」

「くぅーん！　くぅーん！」

ぺろぺろぺろぺろ……。

顔じゅうを舐め回されながらふと振《ふ》り返ると、コボたろうが悔しそうにリアムレアムを

ひと睨《にら》みして、

《コボたろうが【槍《やり》LV1】【攻撃《こうげき》LV1】をセット》

周りにはモンスターなど居ないというのに、攻撃的《こうげきてき》なスキルに変更《へんこう》した。

俺は立ち上がり、槍を構えたコボたろうを慌《あわ》てて止めた。

サシャ雑木林という名前のダンジョン――その階段を下りると、摩訶不思議《まかふしぎ》な光景が広がっていた。

「あれ？　いま階段下りたよな？　なんで？」

薄暗《うすぐら》い階段を下りきると、当然地下へ行くよな。なのに、そこには不揃《ふぞろ》いのいろいろな樹木が並ぶ、その名の通り雑木林があったんだよ。

緑だけならわかる。しかしそこには空もあって雲もあって、ご丁寧《ていねい》に太陽までが俺たちを燦々《さんさん》と照らしている。

「はわわ……どんな仕組みなんですかぁ……」

「すごい……人工太陽？」

俺たちが驚いていると、ダンベンジリのオッサンが興味深げに声をかけてきた。

「坊主たちの世界のダンジョンには太陽がないのか？」

「そんなことはないダンベンジリ！　ガハハハハ！　ダンジョンに太陽がなかったら屋外ダンジョンはずっと夜じゃねえか！」

「そうは言っても、ワシは聞いたぞ？　勇者のいる異世界にはダンジョンがないそうだ」

「そんな世界あるわけねえだろサンダンバラ！　ガハハハハ！」

「「「ガハハハハ！」」」

いやガハハハハって言われても、ふつーにダンジョンなんてないんですけどね。つーかサンダンバラってすげえパワーネームだよな。俺、この名前だけはきっと忘れない。

どうやらダンジョンには屋内ダンジョンと屋外ダンジョンがあるらしく、林や森といった屋外ダンジョンではダンジョンの外と同じように時間で太陽の浮き沈《しず》みがあるそうだ。

どういう原理なのか訊《き》くと「そういうもんだ」と返された。そういうものらしい。

ぶっちゃけここにいると自分がダンジョンの中にいるのか外にいるのかわからなくなってくる。それくらい普通《ふつう》の雑木林だ。

ダンジョン内で行軍を開始して五分。澄《す》んだ水が湧《わ》く泉を発見すると、リディアが、

「ここを採取の拠点《きょてん》にする。ここを中心に５００メートルは絶対にあんぜん。六〇分後には帰還《きかん》するからここにあつまって」

そう言いながらまたもや杖《つえ》を構え、白い光が何体ものモンスターを運んできた。

飛行型のモンスターが多い。グリフォン？　大きなコウモリ？　さっきいたサンダーバードもいる。

そのなかでも気になったのが、ダルマティカというのだったか、ギリシャ神話の女神《めがみ》の彫刻《ちょうこく》がよく身につけているローブを羽織った、鳥の翼を持つ女性。

ハルピュイアという種類のモンスターらしいんだが、露出《ろしゅつ》の多い服から覗く豊満な肢体《したい》を俺に見せつけるようにして、ウインクまで流してから翼を羽ばたかせて周囲の偵察《ていさつ》へと向かっていった。

「ねとられ」

リディアの言葉にぎょっとする。そうして見た顔は、どこかむくれていた。

「みんな透を気にしてる。いつもはわたしの命令をきくだけなのに、みんな透のことが気になってしかたない。……わたしの召喚モンスターなのに」

「考えすぎじゃねえのか」

「じゃあそれはなに」

リディアの言うそれとは、俺の隣《となり》に鎮座《ちんざ》し、身体に頬をこすりつけてくるリアムレアムのことである。

「離れたくないんだってよ。いいんじゃねえか、こいつがいてくれたら俺たちも安心だし」

「きゃんきゃん！」

「ぐぬぬ」

「ぐ、ぐるぅ……！」

　身体全体で喜びを表現するリアムレアムに対し、リディアとコボたろうは悔《くや》しそうな声をあげた。

「リアムレアム、めいれい。いますぐ周りを偵察してきて」

「くーん」

「えー」

「リアムレアムはともかくなんで藤間くんまでいやそうな声を出してるんですか⁉　空気読んでくださいよ！」

　アッシマーの咆哮《ほうこう》が木々を揺《ゆ》らした。リアムレアムは悲しそうに「くぅーん……」と鳴いて、俺のほうを四度《よたび》も振り返りながら、とぼとぼと林の奥へと消えていった。

　俺はリディアに胡乱《うろん》げな視線を向ける。

「つーか、なにが召喚モンスター、、、、、に自我はないだよ。めちゃくちゃあるじゃねえか。見たろいまのリアムレアムの寂《さび》しそうな顔」

「あんなかお、はじめてみた。透はほんとうにふしぎ」

「俺が不思議なんじゃないと思うんだけどな」

　リディアの困惑《こんわく》したような視線は、リアムレアムがいままで居座《いすわ》っていた俺の右隣《みぎどなり》を占《せん》拠《きょ》したコボたろうに釘《くぎ》づけである。

「それより、もう始めようぜ。俺はマンドレイクをとればいいんだよな？　アッシマーと灯里はどうする？」

「可能ならマンドレイクのお手伝いがしたいですっ」

「私はコボたろうといっしょにエペ草を採取してるね」

　ダンベンジリのオッサンたちティニール八人はとっくに嬉々《きき》として採取に励《はげ》んでいる。

　俺も頑張らねえとな。

《採取結果》

16回
採取ＬＶ３→×1.3
←

20ポイント

判定→E

マンドレイクを獲得《かくとく》

「むっず！」

針葉樹の根にある採取スポットをタッチすると、採取の仕組みがこれまでとはやや違《ちが》った。エペ草やライフハーブの場合は眼前に縦横1メートルほどの正方形の採取スペースが現れ、その中に出現した光をタッチしていくんだが、

「くっ……あれ、どこいった？　……くっそ後ろかよっ……！」

マンドレイクは周囲。俺を中心に半径1メートルほどの円の中に現れる白い光をタッチしなきゃいけない。だから正面だけでなく、横も後ろも気にしなきゃいけない。そのうえ

―


「うおあああ、どこだよどこだよ……。横にも後ろにもねえよ…………」

「藤間くん、正面の木」

「があああっ！」
採取スポットが木の根元ということで、正面に屹立《きつりつ》する針葉樹の幹にすら白い光が現れることがある。灯里の声に反応し、ついた両膝《りょうひざ》の片方を上げ、半立ちで腕《うで》を伸《の》ばしてやや乱暴にタッチする。

《採取結果》

20回
採取LV3↓×1.3
←
26ポイント

判定↓E
マンドレイクを獲得

「はっ……、はっ……！　マジかよ……！」

翻弄《ほんろう》され続ける六〇秒だった。体力の消耗《しょうもう》が激しい。

採取の範囲《はんい》もそうだし難しさもそうだが、スキルが無いのがつらい。

砂浜でも草原でもないから【草原採取】【砂浜採取】【砂採取】のスキルが何ひとつ機能しないのだ。

ちなみに俺の苦戦を見たアッシマーは早々にマンドレイクを諦《あきら》め、ライフハーブの採取に取り掛《か》かっている。

近くの木を見れば、リディアがマイペースにのろのろと採取をしていた。あれじゃ絶対X判定だろ。いつもどうやってマンドレイクを入手してるんだ？

ちょうど終わるころらしく、リディアの前に現れたウィンドウに視線をやると――

《採取結果》

6回

採取ＬＶ４（＋２）↓×1.6
林採取ＬＶ１（＋２）↓×1.3
植物採取ＬＶ２（＋２）↓×1.4
マンドレイク採取ＬＶ１（＋２）↓×1.3
←
22ポイント

判定↓Ｅ
マンドレイクを獲得

「ふー」

「ずっっっっりぃ！」

なんだよその豊富なスキル！　あとなんで全スキルが＋２されてるんだよ！　スキル補正全部合わせたら四倍近いんだけど！　しかもこのリディアの「ひと仕事終えました」みたいな顔！　結果は俺と同じだけど一分で六回しかタッチしてないからね⁉

「採取はにがて。透やみんなはすごい」

リディアはさも疲《つか》れましたみたいな表情でアッシマーにアイスブルーの視線を移す。アッシマーは相変わらずあざとく「うんしょ、うんしょ」とライフハーブを採取している。

「がうっ！」

「負けないっ……！」

コボたろうは灯里と一緒に競《きそ》うようにしてエペ草を集めている。

「ほんとうにコボたろうが採取してる」

「まだ疑ってたのかよ」

「だって、信じられなかったから」

べつに俺やコボたろうが疑われていたわけじゃなくて、召喚モンスターが採取をするということがそれほど有り得ないってことらしい。コボたろうを目にしたティニールたちも口をあんぐりと開けている。

それを横目に、ふたたび木の根っこに視線を戻《もど》す。

人間の下半身のような形をした茶色の植物マンドレイク。

薬湯の売値は一本24カッパーだが、薬湯とマンドレイクを調合して『マイナーヒーリングポーション』にすれば単価は45カッパーまではねあがる。

ここにいるのは休憩《きゅうけい》も含めて一時間の予定だ。次はいつ来られるかわからない。SPを気にしながら、これを最低三〇本……いや、四〇本は集めて帰りたい。

今日明日だけのことを考えるなら、近場で薬湯の素材を集めていたほうが稼《かせ》げるかもしれない。

でもここで採取の経験を積むことで、俺がリディアみたいに【林採取】【植物採取】【マンドレイク採取】といったスキルを習得し、マンドレイクを二本、三本と一気に採取できるようになれば、俺たちは稼ぎの壁《かべ》を一枚超《こ》えられる。

「ここが踏《ふ》ん張りどころだっ……！」

《採取結果》

22回
採取ＬＶ3→×1.3
←
28ポイント

判定↓E

マンドレイクを獲得

採取は反射神経や瞬発力《しゅんぱつりょく》、技量が試《ため》される。だが俺は、ずっと採取をしてきたから知っている。採取が覚えゲーの要素も含まれていることを。

「透、すごい」

《採取結果》

24回

採取LV3→×1.3

←

31ポイント

判定↓D
マンドレイク×2を獲得

「っしゃあ……っ！」
パターンを覚えながら、すこしずつ前進する。
一見、全然関係ないことのように見えるが、これは必要なことなんだ。
胸に漠然《ばくぜん》と抱《いだ》く希望。
底辺が成り上がり無双《むそう》する――そのために。
……。
…………？
そこで生まれた、いまさらな疑問。
俺はなぜ、異世界《アルカディア》で無双などと、こんなにも大きな幻《まぼろし》を追い続けているのだろうかと。
馬鹿にされると腹が立つ。足蹴《あしげ》にされると頭にくる。

無視は楽だが、陰口《かげぐち》が聞こえれば癪《しゃく》に障《さわ》った。

俺が漠然と最強を目指す理由は、あいつらを見返してやりたかったからなのか。

……違う。独りでも、孤立《こりつ》していても、孤独《こどく》でも孤高《ここう》でも、高みにのぼり詰《つ》められると証明したかった。……のかもしれない。まるで孤独こそが強さだと――己《おのれ》を無理《むり》やり納得《なっとく》させるかのように。

しかしいまの俺は、孤独が強さとなり得《う》ることを知りつつ、それだけではないと首を横に振る柔軟《じゅうなん》さを持っている。

それなのに、止《や》まない。力を欲《ほっ》する、胸の奥からせり上がってくる熱い迸《ほとばし》りが。

むしろ想《おも》いは強くなっている。強くなりたいという気持ちが熱く大きく膨《ふく》れあがって、身体《からだ》が放熱するかのように、喉《のど》を通り、声帯を振動《しんどう》させ、言葉となってまろびでる。

「っしゃあ！」

「くそっ……まだまだっ……！」

「すこし慣れてきた……！　またD判定……！」

「おああっ、背後、木、背後、木ってどんな嫌《いや》がらせだよっ！」

誰《だれ》だよこれ。全部俺だよ。

移動中はティニールたちの歌をあれほどうるさいと思っていたのに、いざ採取が始まると俺がいちばん喧《やかま》しくなっている。

強くなろうとする想いが雄叫《おたけ》びとなり、咆哮と化し、己に似合わぬ激情を追い出してゆく。

「ぐあっ……。はあっ、はあっ……！　休憩っ……！」

想いに身体がついていかず、背から緑の上に倒《たお》れこむ。木々の葉から透《す》けて見える太陽が眩しかった。

「藤間くんっ⁉」

「はわわわわ……。もうっ、いつも無理しすぎなんですよぅ……」

「透。いつもいってる。身《み》の丈《たけ》にあった力でやらないとだめだって」

三人が駆《か》け寄ってくる。アッシマーと灯里までなら耐《た》えられたが、銀髪美女が胸部を揺らしながら駆けてくる姿を逆さまに見てしまっては、これから囲まれるであろうことを考えると、疲れた身体に鞭打《むちう》って半身を起こすほかなかった。

「がうっ！」

「きゃんっ！」

「………………！」

近くにいたコボたろうだけでなく、レアムリアムや露出過多でバインバインのハルピュイアまで慌てて近寄ってきたため、慌てて目を逸らした。

「だ、大丈夫《だいじょうぶ》だっつの。大袈裟《おおげさ》にしなくていい。だいたい、毎回、こうなるから」

なんならいつも同じメンバーと再会したり、心のなかで叫《さけ》ぶかもしれない。

――と、そんなとき、コボたろうから白い光が漏《も》れた。召喚時間のリミットだ。もうそんな時間なのか。

「がうー……」

コボたろうは残念そうに肩《かた》を落としている。

「そんな寂しそうな顔するなよ。できるだけすぐに再召喚するから」

「がうがうっ♪」

言いながら頭を撫《な》でてやると、コボたろうは顔をほころばせて白い光とともに消えていった。

コボたろうの召喚中は召喚疲労《しょうかんひろう》により俺の回復力も悪くなる。ちょうど俺も休憩中だから、コボたろうが全快してから再召喚しよう。

正直、コボたろうを召喚していないときのほうが採取は上手《うま》くできる。というのも、いま言った『召喚疲労』でMPがすこしずつ減っていくから、身体が採取に使用するSPだけでなく、MPも回復させようと一生懸命頑張《いっしょうけんめいがんば》るからだ。

ならばマンドレイクを集めに来たのだから、いまだけでも召喚は控《ひか》えたほうがいいんじゃないかと思う諸兄《しょけい》も多いことだろう。

しかし俺は召喚士だ。召喚士として成長するため、難行苦行を自らに課す。

結局のところ、修行《しゅぎょう》とは己を虐《いじ》めることにほかならない。マラソンランナーだって、ボディビルダーだって、効率の良いやりかたや回復方法を試しているだろうけど、自身の筋肉を虐めて強くなっているのだ。

ならば俺は、つらいときにこそ自らに召喚を課す。それが俺の修行だ。……すこしでもマンドレイクを多く集めたいであろうリディアには若干《じゃっかん》の負い目を感じるが。

「リアムレアム、ハルピュイア。警戒《けいかい》にもどって」

「くーん……」

「…………」

ふたりはリディアの命令に従い、またしても何度も振り返りながら去ってゆく。リアムレアムもそうだが、翼を生やした女性の悲しげな表情と、力なく揺れる金髪《きんぱつ》のセミロングがなんとも切ない。

アッシマーと灯里が採取作業へ戻ったことを確認《かくにん》し、リディアにふと気になったことを訊いてみる。

「なあ、あの翼つきの召喚モンスター……ハルピュイアっていったか。どうして名前を付けないんだ？」

ハルピュイアとは、モンスターの種族名だ。翼を有する女性——ハーピーの別名だ。

いまリディアは『ハルピュイア』と呼んだ。それはコボたろうを『マイナーコボルト』と呼ぶのとなんら変わりなく、俺からすれば違和感《いわかん》しかない。

「名前をつけると強くなるけど消費MPがふえる。ハルピュイアはリアムレアムたちが倒したモンスターの木箱をあけてわたしのところにもってくる役目。最初から戦闘《せんとう》能力にはあまり期待していない。だから名前をつける理由がみあたらない」

無感情にそう言うリディアに驚《おどろ》いた。

べつに冷たいとか無慈悲《むじひ》とかそんなんじゃない。リディアが優《やさ》しいことなんてとっくに知ってる。

俺が驚いたのは『人間と召喚モンスターの関係はそんなもん』とでも言うようなリディアの様子。そしてきっと、この世界では当然のようにそうなっているんだろう。

「それじゃあ……まるで、奴隷《どれい》みたいじゃねえか」

俺が思わずぽつりと呟《つぶや》いた言葉に、リディアは首を傾《かし》げる。……しかしその可愛らしい仕草に反し、放たれた言葉は俺の背筋を震《ふる》わせるものだった。

「どれい。ちがう。召喚モンスターはご飯を与《あた》えなくていい。衣食住の心配をしなくていい。だからどれいとはちがう」

……きっと、リディアが悪いんじゃないんだ。かといって、誰かが悪いわけじゃないんだ。

俺は、そういうことが聞きたいんじゃないんだ――

もうひとこと言えば、もう一歩悲しみの沼《ぬま》に足を踏み入れるかもしれない。それが怖くて、口を閉ざした。

あたかも当然のように召喚モンスターを『モノ』扱《あつか》いしているのであろうこの世界のことが、すこしきらいになった。

採取を開始してから、約束の一時間が経過した。

再度コボたろうを召喚《しょうかん》し、灯里とコボたろうが頑張《がんば》って集めたエペ草は革袋《かわぶくろ》ふたつぶんになった。アッシマーが持つパンパンの革袋と三分の一ほどの一袋にはライフハーブが詰められている。

俺が集めたマンドレイクの数は四四本。目標は達成した。

サシャ雑木林ダンジョンの階段を上がってフィールドに出ると、ダンベンジリのオッサンたちは相変わらず陽気に放歌高吟だ。

「んあー……」

「ふんふーん♪　……ん？　ガハハハハ、坊主《ぼうず》！　ちと張り切りすぎたな！」

「うっせ……」

頑張った。過労死しないギリギリくらいまで頑張った。これって凄《すご》いことじゃね？

「藤間くんはギリギリセーフだと勘違《かんちが》いしてますけど、これってアウトですからね？」

「いやいやせめてセウトくらいにしてくれよ」

「セーフとアウトの境目のことなら、やっぱりアウトだと思うな……」

アッシマーと灯里のため息。いや、俺的には全然セーフなんだよ。生きてりゃセーフなんだよ。なにがアウトかっていうと、むしろいまの状況《じょうきょう》なわけで。

ダンジョンを出る際、召喚したモンスターを召喚解除しようとしたリディアを、リアムレアムとハルピュイアの哀願《あいがん》するような瞳《ひとみ》が遮《さえぎ》った。

『なに』

『くぅーん……』

リアムレアムは、ふらふらな俺の傍に来て、踞《うずくま》ったのだ。

『……もしかして、背中に乗れ、って言ってくれてんのか』

『きゃんっ！』

……と、そんなわけで、いま俺はリアムレアムの背に跨《またが》っている。

それだけならべつにいいんだが、問題は、コボたろうが俺の前に、そしてハルピュイアが俺の後ろに、俺と同じようにリアムレアムに跨り、俺とともに背の上で揺れているのだ。

さて、ここでカンのいい諸兄ならばお気づきだろう。

問題はリアムレアムにはない。彼女は俺たち三人を乗せたまま悠々《ゆうゆう》と歩いている。コボたろうにもない。俺の前に跨り、時折俺を振り返って心配してくれている。となると……。

「………♪」

問題は俺の後ろにあった。俺の後ろにいるハルピュイアが、俺に身体を押《お》しつけるようにしてしがみついているのだ。腕の代わりのように伸びた翼《つばさ》は俺の両肩《りょうかた》を包んでいてさらさらと温かく、まあもうぶっちゃけると背中に当たるおっぱいがやばい。

きっと、下着なんてつけてない。ノーブラだ。しかもダルマティカ一枚で防御力《ぼうぎょりょく》なんて皆無《かいむ》だが、そのぶん攻撃力《こうげきりょく》は抜群《ばつぐん》だ。ついでに言うと俺にも　こうか　は　ばつぐんだ！

「………♪」

「はーっ……はーっ……」

さっきからずっとこんな感じだ。

ティニールたちの凱歌《がいか》を楽しみながら俺に身体を押しつけるハルピュイアに反し、俺はホモモ草がエクスカリバーしないかどうか、心配で仕方がなかった。

四章EX 心音——隣にならぶ太陽

ティニールたちは礼を言い、護衛の報酬《ほうしゅう》としてリディアにマンドレイクがぎっしり詰まった革袋ふたつを手渡《てわた》すと、酒場の方へ向かっていった。彼《かれ》らはきっとこれからエールやウイスキー、ウォッカを楽しむのだろう。

「すごくいい匂《にお》いだった……はぁ……」

「元気なかたがたでしたねぇ……」

「元気すぎるっつの……」

灯里《あかり》はうっとりとしながらも、女子高生として自信をなくしているようだ。しかし俺《おれ》にはどうしようもない。

「大丈夫、灯里もいい匂いだから」なんてフォローしようものなら、俺はきっと警備兵に捕《つか》まって投獄《とうごく》されてしまうだろう。

リアムレアムとハルピュイアは街に入る直前、街の人を驚かせてはいけないと、リディアに召喚を解除された。そのときの愛別離苦《あいべつりく》のような目が、いまだ俺の胸に残っている。

街の住人はモンスターと召喚モンスターをちゃんと分けて考える。だからコボたろうが怖《こわ》がられることはない。

しかし獰猛な牙や爪――強大な力は、たとえ召喚モンスターといっても恐怖《きょうふ》の対象となるようだ。

召喚時にアッシマーや灯里、ティニールたちだって召喚モンスターとわかっていながらも、驚きの感情の裏側に、コボたろうには見せなかった恐怖をたしかに隠《かく》していたことがなによりの証拠《しょうこ》だ。

それは仕方のないことだとは思いながら、コボたろうが遠ざけられないことに対して安心感も覚えながら、しかし俺だってそんな感情の裏側に、俺の召喚モンスターはまったく驚かれないのにという、リディアに対する引け目を感じていた。


「はうぅーっ……難しいですぅぅー…………」

アッシマーは作業台にべちゃーっと上半身を押しつけて項垂《うなだ》れる。どうやらポーションの調合に苦戦しているようだった。

「応援《おうえん》することしかできねえけど頑張れアッシマー。これが成功すればマイナーヒーリングポーションの完成だ。応援してる。それとできればあざとく呻《うめ》くのやめてくれ」

「藤間《ふじま》くんそれほんとうに応援する気あります⁉」

アッシマーの絶叫《ぜっきょう》。あまりの調合難易度ゆえか、大きなダークブラウンが涙目《なみだめ》になっている。

俺や灯里から見た感じだと、調合素材とにらめっこして、アッシマーが手を翳《かざ》して、あとは確率との勝負……っていうふうに見えるんだが、違うんだろうか。

「アッシマー。薬湯とマンドレイクを調合するというよりも、薬草とライフハーブ、マンドレイクを調合するイメージにしたほうがいい。そうして赤い液体を思いえがいてビンに雫《しずく》を落とすイメージ」

リディアのアドバイスを受け、アッシマーは再び作業台へと視線を落とす。

「ふぎぎぎぎ……。あっ、3％だけ上昇《じょうしょう》しましたぁ……。でもまだ全然ですぅ……。ほかにコツはありますか？」

「アッシマーは、はじめての調合からまだ一週間だからしかたない。ほかには……」

まあいつものことだが、こうなると俺に手伝えることは何もない。ステータスモノリスを確認し、自分のＳＰとＭＰが満タンになったことを確認すると、改めて召喚しなおしたコボたろうと一緒《いっしょ》にベッドから立ち上がって在庫の確認をする。

俺たちが所持しているのは、

マンドレイクが四四、薬湯が四〇、ライフハーブが四〇、エペ草が七〇。

となれば、次に必要なのはオルフェのビンをつくるのに必要なオルフェの砂だった。

「灯里。その……報酬はなんか出す。その、あれだ。砂の採取、ちょっとつきあってくんねえか」

どう考えても俺と同じく手隙《てすき》になる灯里に声をかけると、思いのほか灯里は嬉《うれ》しそうにがばりと立ち上がった。

「い、行く……！　が、頑張るねっ」

「お、おう、頼《たの》む。つってもべつに、お前のペースでいいからな」

灯里にそう言ってアッシマーを振《ふ》り返る。作業台に載《の》った素材へ難しそうな顔を向けているアッシマーに声をかけるのはすこし憚《はばか》られた。

「リディア、灯里と砂の採取に行ってくる。……アッシマーにあんまり無理しないように言っておいてほしいんだけど」

リディアはリディアで、自分の採取したマンドレイクと俺たちから買い取る薬湯でポーションの調合をするため宿に残るだろう。

「わかった。……いつも言ってるけど無理する。アッシマーも、透《とおる》も」

リディアに苦笑《くしょう》を返して宿を出た。

時刻は午後四時すぎ。夕焼けにはまだ少し早いくらいの時間だ。

先頭を俺とコボたろうが横並びで歩いていたんだが、すこし後ろを歩いていた灯里が足を速めて俺の空いたほうの隣に並ぶと、なぜかコボたろうまでもが足を速めて俺たちから距離《きょり》をとった。

「なにしてんだコボたろう」

「……」

俺の声にコボたろうは応えない。どういうことなの、と灯里の顔を見るとなぜか赤くなって俯《うつむ》いている。

「あー……。灯里っていまＬＶ３だっけか」

なんだか気まずくなって声をかけると灯里は大げさなくらい首を縦に振った。

「う、うん。もうすこしでＬＶ４なの」

「必要な素材ってなんなんだ？」

「コボルトの槍《やり》が二本、コボルトの弓が二張、ライフハーブが二枚にホモモ草が一本だよ」

「結構要るんだな……。そういやコボルトって槍しかドロップしない気がするんだけど、弓もドロップすんのか」

「うん、マイナーコボルトを強くした『ロウアーコボルト』っていうモンスターから手に入るみたいだよ。私は運良く手に入れ……あっ、ご、ごめんね」

急に灯里が謝《あやま》り出す理由がわからず顔を向けると、気まずそうな視線と目があった。

「う……その、前、砂浜《すなはま》で……藤間くんがたくさんの弓矢から私たちを庇《かば》ってくれたことがあったでしょ？　そのときの……」

「あー……そういうことか。べつに気にしなくていいのに」

ダンベンジリのオッサンを逃《に》がすためにマイナーコボルト二体を引き連れて砂浜に逃げたときのことか。

たしか逃げてる最中、気づきもせずに大量のモンスターを巻き込《こ》みながら引き連れちまって、一〇本くらいの矢が飛んできたんだったな。

灯里とか祁答院《けどういん》の話によると、俺が死んだあとにリディアが駆けつけて、弓を持ったコボルト一〇体を一掃《いっそう》してくれたらしい。そのときの木箱から出たのがコボルトの弓ってことか。

あのとき泣くくらい気にしていた灯里は、自分の台詞《せりふ》を失言だとしょんぼりしている。

気にしなくていいって言ってんのに。

そうこうしているあいだに海が見えてきた。

コボたろうが振り返って「もうすこしまともな会話をしなさいよ」とでもいいたげな視

線を俺に向けた。そんな無茶《むちゃ》な。

《採取結果》

42回

採取ＬＶ３↓×1.3

砂浜採取ＬＶ１↓×1.1

砂採取ＬＶ１↓×1.1

←

66ポイント

判定↓Ａ

オルフェの砂×３

オルフェの白い砂

オルフェのガラスを獲得

ヤバい、砂の採取が楽しい。諸兄はわかってくれるだろうか。

マンドレイク――難しい採取をこなしたあとにいちばん簡単なオルフェの砂の採取に戻ってくると、俺つえー感が半端《はんぱ》ない。

最初の一発目だからかなり気を楽にして採取したんだが、余裕《よゆう》のA判定。採取物の多さが快感だ。これ、少し頑張ればS判定もいけるだろ。

《採取結果》

46回

採取LV3→×1.3

砂浜採取LV1→×1.1

砂採取LV1→×1.1

↓

72ポイント

判定↓ＡＡ
オルフェの砂×3
オルフェの白い砂×2
オルフェのガラスを獲得《かくとく》

Ａの上はＳ判定じゃなくてＡＡ判定かよ。報酬が増えるのは変わらないから、べつにどっちでもいいんだけど。

革袋と交換《こうかん》できるオルフェの白い砂の収穫量《しゅうかくりょう》が増えるのはありがたい。

現在の袋《ふくろ》の数は、容量五〇で重さが半分になる『☆マジックバッグ』が一枚と、容量三〇の革袋が五枚。採取や運搬《うんぱん》、素材の保管にも使える革袋はまだまだほしい。

その先も俺はＡＡ判定を連発。灯里とコボたろうもＥ判定とＤ判定を行き来しながら、オルフェの砂を積極的に集めてくれていた。

そんなとき——

「あれ？　伶奈《れな》じゃね？　なんでこんなとこにいんの？」

「うわ、しかも藤間と一緒じゃん」

神経を逆撫《さかな》でするような声が、穏《おだ》やかな砂浜から波音を奪《うば》い去った。

「ぁ……望月《もちづき》くん、海野《うんの》くん……」

弱々しい灯里の声。イケメンBとCが俺たちを見比べるようにして、露骨《ろこつ》にいやな顔をした。

その後ろからは祁答院、高木《たかぎ》、鈴原《すずはら》が駆けてきて「あちゃー」と顔を覆《おお》っている。

「伶奈が今日、別行動するって亜沙美《あさみ》が言うからよー。つーかなにしてんの？　採取ってやつ？」

「採取とか俺らに必要ねーだろ。伶奈いねーと戦闘大変なんだって。いまからでも一緒に行こうぜー」

こいつらの顔からは「そんな奴《やつ》と一緒にいないで俺らと行こうぜ」とハッキリした俺への悪意が見てとれた。

「慎也《しんや》、直人《なおと》。伶奈には伶奈の事情があるんだ。もう行こう」

祁答院がふたりと俺たちのあいだに入ってくれる。しかし彼らにも鬱積《うっせき》があったのだろう。反抗的《はんこうてき》な目になって、

「は？　なんで？　伶奈は？」

「そーそー。なんで俺らが伶奈を譲《ゆず》らなきゃいけんの？」

そう言い返すと、後ろにいた高木は昂《たか》ぶった声で、そして鈴原は申し訳なさそうに、

「あんたら伶奈をものみたいに言うんじゃねーよ！」

「伶奈、藤間くん、ごめんねー……。ウチらもう行くからー」

そうして始まる内輪《うちわ》揉《も》め。揉めるぶんには構わないが、どこかほかの場所でやってほしい。

「いやなんでいつも我慢《がまん》するのがこっちなんだよ。伶奈もなんでそんなやつと一緒にいるんだって」

「そいつも伶奈が可愛《かわい》くて強い魔法《まほう》が使えるから一緒にいるだけだろ」

早く他の場所に行ってほしい。

…………じゃなきゃ。

《コボたろうが【槍ＬＶ１】【攻撃《こうげき》ＬＶ１】をセット》

「落ちつけ、コボたろう」

どちらかに死人が出るぞアホンダラ。

「それかそいつ、勘違いして伶奈に惚《ほ》れたんじゃね」

「全然釣《つ》り合わねえ」

「いい加減にしろよ慎也、直人……！」

俺は大人じゃない。ここまで言われて、良い人間でいられるほどの忍耐力《にんたいりょく》もないし、そもそもができた人間じゃない。

灯里は俯いて華奢《きゃしゃ》な身体を震わせている。その様子を見て、少なくともこのふたりがいるパーティに戻りたいわけではないだろう、とうっすら悟《さと》る。

それでも灯里がなにも言い返さないのは、俺と同じように言われ慣れているからか、俺のことをどうでもいいと思っているからか、あるいは……言い返せない理由があるからか。

…………。

俺はその三択《たく》の、いちばん最後であるだろうと推察した。

灯里から今日一日行動を共にしたいと言った。俺はそれを受け入れた。そして灯里はいまも俺やアッシマーと一緒にいることを望んでいる……と、思う。

……なら。

「なー伶奈、行こうぜー」

灯里の肩を掴もうと伸《の》ばしたイケメンBの腕《うで》を――

「ざけんな」

俺の頼《たよ》りない手が弾《はじ》いた。

「――――あ？」

睨《にら》み合う。向こうの身長のほうが10センチは高いし、なにより強そうだ。

それでも行け、藤間透。

殴《なぐ》りかかるより勇気の要《い》るその言葉を――

「灯里は俺のだ。お前らにゃ死んでも渡《わた》さねえ」

「わ、私っ……！　藤間くんと一緒にいたいっ……！」

悪意の坩堝《るつぼ》で聞こえなくなった波音が、急に大きく耳を打った。

俺を……むしろ灯里を見て唖然《あぜん》とするイケメンBはもう、俺の目には映っていない。

「…………え？」

優しくも不安げに見開いた眼差《まなざ》しが、俺の視線と交差する。

いま、灯里は、なんて言った？

そう自問して、たったいまの記憶《きおく》を手繰《たぐ》り寄せたところで、灯里も同じように自答したのだろう。ぼっ、と火がついたような顔を、灯里は自らの両手で覆い隠した。

風が一度、砂浜を撫でるように吹《ふ》いた。それは涼風《りょうふう》のはずなのに、たしかな熱気を帯びていて、しかし一瞬《いっしゅん》で火照《ほて》った頬《ほお》にだけ、やけに冷たく感じた。

ほらたまにあるよな。幼稚園《ようちえん》で先生が、これほしい人、手を挙げてー！　みたいなときに遠慮《えんりょ》してたんだけど、誰も手を挙げないから、ピュアっピュアな俺が遠慮がちに手を挙げると、ちょうど横の女の子もおずおずと手を挙げていて、

「ふじまがほしいならそんなのいらなーい」

なんて言われて幼心が傷ついたり、コンビニで一個しか陳列《ちんれつ》されてないチキンを見て、

「『チキンください』」

隣《となり》のレジのレディと注文が被《かぶ》って、コンビニ店員が困るんだよ。俺が「やっぱいいです」なんていうと、隣のレディもチキンをゴミのような目で見て「要らないです」なんて言うんだよ。なにこれ、俺の歴史切なすぎじゃね？

とまあなんにでも巡《めぐ》り合わせの悪さなんてのは存在するわけで、灯里が断れないなら俺が断ってやろうと思って口にした言葉は、灯里自身が主張した言葉で上塗《うわぬ》りされた。

え……。なら俺の台詞、意味なくね？　振り返ると赤面の色を濃《こ》くするような文言は黒歴史レベル。灯里は結局、俺の力など必要とせず、はっきりとこいつらを拒絶《きょぜつ》した。

『灯里は俺のだ』

『藤間くんと一緒にいたい』

〜〜〜〜っ！

こ、これじゃあ……っ。

ただの、む、睦言《むつごと》みたいじゃねえか……！

高木、鈴原、頼むっ……！

イケメンBとCに一喝《いっかつ》したみたいに、俺に対しても「もの扱いしてんじゃねーよ！」って言ってくれ……！

そうすりゃ俺だって、勢いだったとか、言葉のあやだとかいろいろと言い訳……！

「〜〜〜〜っ」

「〜〜〜〜っ」

馬鹿野郎《ばかやろう》ガラにもなく顔真っ赤にして両手で顔覆って指の隙間《すきま》からこっちをちらちら見てんじゃねえよ！　いまそんなウブ属性必要ないっての!!　鈴原まで揃《そろ》って何やってんだよ!?

「な、なあ伶奈、嘘《うそ》だろ？」

「ごめん、ね。嘘じゃ、ない、よ」

ただたどしい灯里の語り口はまるで、だからこそ真実を絞《しぼ》り出すように語っていると裏打ちするようで、イケメンBとCの表情を歪《ゆが》めてゆく。

「慎也、直人。……もういいだろ。行こう」

こんなときに頼りになってこそ、真のイケメンである。エクスカリバー祁答院は呆気《あっけ》にとられるイケメンBとCを引きずって街のほうへ戻《もど》っていった。コボたろうが塩の代わりと言わんばかりに足元の砂をイケメンBCのほうへと投げつけた。

「あ、いや、その、ごめん、あ、あた、あたた、あたしたちも行くからっ」

「あ、あはは、ふたりともお幸せにー」

「あ、いやちょっとまて。お前ら絶対勘違い――」

俺の静止もまったく聞こえていない様子で、高木と鈴原はどべべべべー！　と街のほうへ走っていってしまった。

砂浜に残される俺、灯里、コボたろう。

コボたろうは俺たちに一度優しい笑《え》みを浮《う》かべ、すこし離《はな》れたところで採取を始めてしまった。

「あ、いや、ええとだな。さっきのはべつにあれだ。その……」

「う、うん。わかって、る、よ」

慌《あわ》てて説明する俺に、灯里も負けじと慌てて首肯《しゅこう》する。いや本当にわかっているのだろうか。さっきのあれは本当にそう思っているわけじゃなくて、あいつらを納得《なっとく》させるため

の──

「わかってる、けど、……えへへ、ほんとは、わかりたくない、かも。……なんちゃって……えへへ」

困ったように笑い、首を傾げる灯里。

灯里は男を惑《まど》わせるにじゅうぶんな可愛らしさといじらしさを持っている。俺はそれを知りつつも、べつにときめいたりしない。

俺は、期待しないから。

可愛ければ可愛いほど、いちばん遠い存在の俺は、期待しないから。

──なのに。

どっ。

あっ、おい、ちょっと。

どっどっどっどっ…………。

なんだよこれ。

「だって私には、さっきの言葉に、ひとかけらのいつわりもないから」

「え、あ、う」

どくん、どくん、どくん、どくん……。

「ねえ藤間くん。先々週、入学してすこしした頃の放課後でのことなんだけど……」

なんだよ先々週って。灰色の高校生活が始まったころ、なにがあったっていうんだよ。

『灯里伶奈です。藤間透くん、す、好きです。私とつきあってもらえませんか』

散々痛い目にあってきた俺が罰ゲームだと一蹴《いっしゅう》した夕焼け。

灯里が悪いやつじゃないと知っても、もうそんな気持ちは残ってないだろうと切り捨てた黄昏《たそがれ》。

そうして、宙ぶらりんにしてうだうだと放置しつづけた茜空《あかね》。

思い当たることなんてこれくらいしかねえよ。

……つーかこれだよな。俺どんだけテンパってんだよ。落ち着け俺の心臓。

どっ、どっ、どっ、どっ……。

「あの日の告白、忘れてください」

「あ、お、あ、…………あ?」

痛いほどの高鳴りが、止《や》んだ。

煩《うるさ》いほどの心音《しんおん》が、たちまち収まった。

「あの日、本当は……入学前に助けてくれたことのお礼を、ちゃんと言いたいだけだったの」

ふたたび波音と涼風に気づくと、俺は平静を取り戻してゆく。

「私ね、助けられてから調べたんだ、藤間くんのこと。でもなにもわからなくって……。あの後すぐ事情聴取《ちょうしゅ》で離れちゃったから、名前も年齢《ねんれい》もなにも。『丸焼きシュークリーム先生』も調べてみたけどわからなくって……」

いやそりゃ無理でしょ。だって俺、県外から来たから俺のこと知ってるやつなんてほぼゼロだし。あのときは当然私服だったし、学校もわからない。ついでに丸焼きシュークリームというのは灯里を助けるときにでっち上げた空想のエロ同人作家だ。探しても見つかるわけがない。

「そうしたら同じ学校の新入生に藤間くんがいて、しかも同じクラス……。私、奇跡《きせき》だと思って、すごくうれしかったんだ。でも声をかけるタイミングがなくて、藤間くんも私のこと全然覚えてないみたいだったから……」

たしかに、よくは覚えていなかった。恫喝《どうかつ》するチンピラの顔は恐怖を伴《ともな》って覚えていたのに、助けた女子の顔を覚える余裕なんてなかった。気づいたのは入学してずいぶんと経《た》ったあとだった。

「それであの日の放課後、藤間くんに残ってもらって、お礼を言うつもりだったんだけど……あはは、ほんとバカだよね……。あんなに感謝の言葉を伝える練習をしたのに、気づいたら告白しちゃってた……」

俯いて肩《かた》を震わせる灯里。

ここはなんらかのフォローを入れるシチュエーションなのかもしれないが、俺には灯里の言葉の意味がまったくわからず、頭上にクエスチョンマークを浮かべながら首を傾げるしかない。

「どういうことだ？　べつに好きでもないけど混乱しすぎて告白しちゃったってことか？」

「違《ちが》うよ。好きでどうしようもなくなって、我慢できなくなって、口から溢《あふ》れちゃったの」

「え、あ、う、…………え？」

俺の疑問を、灯里が即《そく》、否定した。

景色が切り替《か》わる。また風の音も波の音も聞こえなくなって、己《おのれ》の律動と灯里の紡《つむ》ぐ言葉だけが砂浜を支配した。

「でも、急によく知らない人から告白されても困っちゃうし、信じられない、よね。だから……やり直したい」

「やり、直す」

それは皮肉にも俺が昨日、自分自身とアッシマーに誓《ちか》った言葉。

「うん。やり直したい。私、藤間くんのことがもっと知りたい。藤間くんにも私のこと、もっとよく知ってほしい。そうしてから、もう一度──」

どくん。どくん、どくん、どくん、どくん。

「ま、まて、まって。待ってくれ」

「ぅ……うん、ごめん、ね？　私ばっかり」

「あ、いや、違うんだ。違うんだよ。その、その、だな」

「ご、ごめん、藤間くん。待つ。待つ、けど……ぁぅ……もう、もたないかも……」

もしかして灯里。お前は本当に、俺なんかのことが好きなのか……？

ひどいことをたくさん言った。ひどいことをたくさんした。

追い払《はら》って、押し返して、突《つ》っぱねた。

「それでも灯里、それでもお前はまだ俺のことが、好──」

「好きだよ、藤間くん。大好き」

とくん。

胸の音色が変わった。

胸を打つ躍動《やくどう》は強烈《きょうれつ》なものの、これまでよりもずっと優《やさ》しく包《つつ》み込むような音。

「だから私、がんばる。そしてもう一度告白する。そのときは、ちゃんとお返事、聞かせてほしい、な」
高鳴りとは違う、己の心音《こころね》。
灯里のこれが告白じゃないとすれば、いったいなにが告白だというのか。
なんだよこれなんだよこれ。
う……。
俺を見上げる潤《うる》んだ瞳。
あ………？
あ、あ、灯里って、こ、こんなに可愛かったっけ………？
「採取、しよ？」
灯里はくるりと振り返って、情けなく口をぱくぱくさせている俺を解放した。
『好きだよ、藤間くん。大好き』
ひたひたにふやけた俺の心を、灯里の言葉が何度も優しく包み込む。
ああ。俺が灯里の言葉を信じられるのは。
乾いたスポンジが水を吸うように、俺の心がこんなにもひたひたにふやけているのは。
灯里の想《おも》いを知り、しかし俺が瞳を閉じて思い浮かべた笑顔《えがお》は——。
『えへへぇ……。いっしょに食べたいですねぇ……。おでん』

しっかりと仕込《しこ》んだ大根のように、お前のくれた笑顔が、背中が、優しさが――アッシマーのすべてが、俺に沁《し》みていた。


四四個あったマンドレイクはアッシマーによる苦戦の末、二〇個のマイナーヒーリングポーションに調合され、二〇個×45カッパーの9シルバーでリディアに売却《ばいきゃく》した。

そのほかにはリディアが調合するぶんの薬湯を二〇個売却し、その収入が4シルバー80カッパー。ココナに売りつけた白い砂の収入が2シルバー。

合計15シルバー80カッパーが本日売却分《ばいきゃくぶん》の利益である。

モンスターからドロップした金と不要素材やスキルブックの売却収入も合わせれば23シルバーとなり、これを俺、アッシマー、灯里の三人で分配した。

灯里はユニーク杖《つえ》を獲得したこともあり、金は遠慮していたが、アッシマーとふたりがかりで6シルバーだけ無理やり渡した。

これで俺たちの全財産は前日からのあまりから今日の生活費、そして明日の生活費＋宿での食費を差し引きして23シルバーになった。明日も買い物から始められそうだな。

「じゃ、じゃあ藤間くん。今日は本当にありがとう」

「あ、いや、こちらこそ。いろいろと助かった」

午後八時五五分。

真っ白な壁《かべ》。橙《だいだい》の小洒落《こじゃれ》た屋根。俺とアッシマーの住む宿よりも数ランク上だろうな、と思われる宿の前で、篝火《かがりび》にライトアップされた灯里が俺に手を振る。

目が合うと、あの砂浜の一件から何度目だろうか、えへへ……と恥《は》ずかしそうにはにかんでくる。くっ……。か、可愛いじゃねえか。

……と、ここで宿の二階、嫌味《いやみ》なく装飾《そうしょく》された窓が開き、そこから覗《のぞ》く顔ふたつ。

「あ、伶奈じゃん。おかえりー」

「あー、藤間くんに送ってもらってるー。いいなー。藤間くんやさしー」

「香菜《かな》、なに言ってんだって。オトコならオンナ送るくらいフツーっしょフツー」

窓から覗く金髪《きんぱつ》の〝オトコ〟と〝オンナ〟の言いかたが、特別な関係の男女を指しているようで、慌てて灯里に顔を向けた。

「……なあ、ちゃんと誤解は解いておけよ」

「えへへ……うんっ。おやすみ、藤間くん」

「おう、おやすみ」

灯里が宿に入ったことを確認《かくにん》し、一応高木と鈴原に手を振って、高木や鈴原の声にイケメンBCが気づいたら厄介《やっかい》だと早足で帰途《きと》についた。

「ふぇぇ……ごめんなさいぃぃぃ……」

リディアも隣の自室に戻り、あとは寝《ね》るだけの時間。

アッシマーは四四個のマンドレイクから二〇個のポーションしか調合できなかったことに責任を感じて、涙目になっている。

「いいって言ってんだろ。薬草とか薬湯だって最初から成功率が高かったわけじゃないんだし。俺たちは今日明日のためだけに頑張《がんば》ってんじゃねえ。今日二〇個しか成功しなかったって思うんなら、来週は二一個成功させるぞ、って思えばいいだろ」

「ううっ……でも……ふにゃー…………ふがふふ」

枕《まくら》に顔を埋《うず》めるアッシマー。喋《しゃべ》れてねえじゃねえか。

今夜の201号室はやや狭《せま》く感じる。というのも、アッシマーがポーションの調合でSPやMPを使い果たし、砂をガラスやビンに加工することも、エペ草とライフハーブを薬湯へ調合することもあまりできず、在庫が貯《た》まってしまったのである。

「ゆっくりでいいんだぞ、アッシマー」

「あぅ……はぃ……」

「あざといのもやめていいんだぞ、アッシマー」

「あざとくないですよ！　素ですよ素！」

素で「ふにゃー」とか「はうぅー」とかいう女子高生がどこにいるというのだろうか。俺《おれ》はモニターの中でしかお目にかかったことがない。

アッシマーは俺への抗議《こうぎ》の色が強い悲鳴をあげたあと、余程《よほど》疲《つか》れていたのだろう、驚《おどろ》くほどあっさりと、すぅすぅと寝息《ねいき》をたてはじめた。

◆　◆　◆

今日も朝食を摂《と》る前に歯を磨《みが》いてしまった。しかもすこし時間が押《お》しているため、スティックパン（黒糖）をまくまくしながらの登校である。

なんとか全部腹に詰《つ》めこみ、空の袋を鞄《かばん》に押しこんだところで、灯里伶奈に出くわした。

「あっ、藤間くんっ！　……えへへ、おはようっ」

「うお、お、おはようさん」

なんだろう、この笑顔。

『好きだよ、藤間くん。大好き』

…………………⁉

寝ぼけた頭が一瞬で覚醒《かくせい》し、いまさら昨日の砂浜を思い出す。どんだけ俺寝起き弱いんだよ。時差かよ。

いつもはおどおどしながら俺の後ろについて、しばらくしてから「よいしょ」って感じで一歩前に出て俺の隣に並ぶ灯里が、今日は最初から隣に並ぶ。

戸惑《とまど》う俺と目が合うと、やはり照れくさそうにはにかむ。えーなにこの気持ち。照れくさいし恥ずかしい。

灯里の告白が俺に与《あた》えたもの。それはいろいろとあるが、やはりいちばん大きいのはと、まどいだ。

俺はもう灯里を疑っているわけじゃない。俺が信じられないのは俺自身のことだ。

ぶっちゃけ灯里は可愛い部類の女子だ。きっとモテる。たぶんイケメンBCも灯里が気になっていたからこそ昨日の反応だったのだろう。

そんな可愛い女子が、なんで俺みたいなのを……？　というのが、いまいち現実感のないところなのだ。

チンピラから守った。めちゃくちゃ格好の悪い方法で。同人作家の丸焼きシュークリーム先生ってマジで誰《だれ》だよ。

それだけで惚れるものだろうか？　そんなの二次元だけだろ？

ありがとうございました、この御恩《ごおん》は忘れません、それではお元気で。――こんな感じで終わりじゃないのか？　名前や住所を告げれば菓子《かし》折《お》りひとつくらいのやり取りはあるかもしれないが、俺は面倒《めんどう》くさがってそれすらしなかった。

「それでね、それでね」

「馬鹿お前ガチャで出たレア度の高いキャラばっかり育ててるからそうなるんだよ。最近のスマホゲーは☆1や☆2でもじっくり育てりゃスポットライトがあたるようになってんだよ。おおなめくじでも頑張れば強くなるんだよ」

灯里は俺とつきあおうとか、そういう話はしなかった。

そういうのは、灯里がもっと俺を知って、俺がもっと灯里を知ってから――そう言った。

恋愛《れんあい》経験値ゼロの俺からすれば、灯里の想いが本物なら、最近の恋愛って結構自由自在なのな、と思う。

恋愛の始まりって、告白があって、成功すればハッピーエンド。失敗すればバッドエンド――天国と地獄《じごく》のどちらかしかないものだと思っていた。

しかし灯里は俺に想いを伝えておきながら、天地分かつ分水嶺《ぶんすいれい》を後回しにした。それがいつかはわからない。

――わからないが、俺は、灯里の想いに応えることができるのだろうか。

可愛いと思う。一生懸命《いっしょうけんめい》で優しくて、いいやつだと思う。

でも俺は、たぶん、灯里に恋心《こいごころ》を抱《いだ》いているわけじゃないと思う。

たぶん、そういうのは全部、金沢に置いてきた。

だから、手をつないで歩きたいかと問われれば、べつにそういったことは思わないと答えるだろう。

「でもね、でもね、亜沙美ちゃんがね？」

恋《こい》に落ちるとはどういうことなのだろうか。昨日聞こえた己の心音《こころね》――あれが恋に落ちた音なのだろうか。

それなら――もしそうなら――俺はきっと、昨日よりも前に、灯里じゃない女子に、恋に落ちていたということになる。

……ないない。それはない。

つきあってから始まる恋もある――そんな簡単な妥協《だきょう》で、俺は灯里に応えていいのだろうか。

アッシマーと灯里――ふたりへの感情が横並びになっていて、おそらくそのどちらにも恋心を抱いていないであろう俺が、どう変われるというのだろうか。

いつもの曲がり角を折れて灯里に歩道側を譲ると、灯里は胸に手をあてて、

「藤間くん、いつもありがとう。……えへへ、私ね、じつはこの瞬間《しゅんかん》、大好きなの」

「べつに意識してねえよ。普通《ふつう》のことだろ」

「あぅ……ぅん……だ、だから、かっこいい、んだよ？」

また目があった。それが眩《まぶ》しくて、思わず大空に目をやった。

手を翳《かざ》せば太陽は消えてくれるのに、隣でいつも赤い顔をしている女子の笑顔は、脳裏《のうり》から一向に消える様子がなかった。


（了《りょう》）

あとがき

こんにちはこんばんはおはようございます。かみやでございます！
『召喚士が陰キャで何が悪い』第二巻をお買い上げのみなさま、ありがとうございますぅぅ！！！！！！！！！！（五体投地）
二巻にもかみやの〝好き〟をありったけ詰めました。一巻に続き二巻も好きになってくださったかたは、もはやかみやと両想いであると断言しても過言ではないですね！（過言）
二巻の恋愛要素を振り返りますと、前半はアッシマー、後半は灯里《あかり》ちゃん、とばっさりダブルヒロイン調に分かれた印象です。
「ただの足柄山沁子《あしがらやましみこ》と一緒にいたいと思ってる」
「灯里は俺のだ。お前らにゃ死んでも渡さねえ」
台詞のハイライトだけ切り抜くとなんだこいつ（汗）ってなっちゃうわけなのですが、作者からしますとどちらもかわいすぎて気が狂いそうです！　なんならダンベンジリのオッサンもめっちゃかわいいです！（なんだこいつ）

みなさまはどちらのヒロインがお好みでしょうか？　推しのキャラクターなどいらっしゃいましたら、教えていただけますとうれしいです！

この場をお借りしまして、謝辞を。

引き続きイラストを担当してくださったｃｏｍｅｏ先生、ありがとうございます！　みんなかっこかわいくて、ときめきっぱなしです！

バレンタインチョコを送ってくださったたちの子さん、地元の美味しいものをたくさんくださったランガさん、ありがとうございます！　相談に乗ってくれたマイシスターズもありがとう！

そして二巻をお楽しみくださったみなさま、改めましてありがとうございます！

もしも三巻が出ましたら、パーティの強化、パリピグループの瓦解、祁答院《けどういん》との対峙、新しい力、透の過去、そして――とわくわく要素盛りだくさんです！　もちろん灯里ちゃんもアッシマーもコボたろうもかわいいです！　ふんふんふんす！

三巻が出ますように、ご声援いただけますとうれしいです！　がうがう♪

かみや

HJ文庫 https://firecross.jp/
1016

召喚士が陰キャで何が悪い 2

2022年7月1日　初版発行

著者――かみや

発行者―松下大介
発行所―株式会社ホビージャパン

〒151-0053
東京都渋谷区代々木2-15-8
電話　03(5304)7604（編集）
03(5304)9112（営業）

印刷所――大日本印刷株式会社

装丁――BELL'S GRAPHICS／株式会社エストール

Printed in Japan

ISBN978-4-7986-2869-1　C0193

ファンレター、作品のご感想
お待ちしております

〒151−0053　東京都渋谷区代々木2−15−8
(株)ホビージャパン HJ文庫編集部 気付
かみや 先生／ comeo 先生

HJ文庫毎月１日発売！

絶対魔剣の双戦舞曲《デュエリスト》 1

～暗殺貴族が奴隷令嬢を育成したら、魔術殺しの究極魔剣士に育ってしまったんだが～

著者／榊 一郎
イラスト／朝日川日和

最強の暗殺貴族、異端の魔剣術で奴隷令嬢を育成！？

魔術全盛の大魔法時代。異端の“剣術”しか使えない青年貴族・ジンは、裏の世界では「魔術師殺しの暗殺貴族」として名を馳せていた。ある日、依頼中に謎めいた「奴隷令嬢」リネットを拾った彼は、とある理由で彼女とともに名門女学院に潜入。唯一の男性教師として魔術破りの秘剣術を教えることになり……？

発行：株式会社ホビージャパン